追放された不遇職『テイマー』ですが、2つ目の職業が万能職『配合術師』だったので俺だけの最強パーティを作ります

2

志鷹 志紀
Shitaka Shiki

illust.
弥南せいら

CONTENTS

第一章 × 夢と教団 003

閑　話 × その後の俺たち【カナト視点】 024

第二章 × 邪神の元へ 027

第三章 × 最強のテイマー 068

第四章 × 最強VS最強 216

第五章 × エピローグ 236

番外編 × 最強のテイマーの苦悩 252

Presented by
Shitaka Shiki × Minami Seira

第一章 × 夢と教団

こんな夢を見た。

俺はどこか暗い空間にいた。そこには3人の男女がいて、何かを話していた。会話の内容はよくわからなかったが、何やら禍々《まがまが》しい話をしていた気がする。

そして場所は変わり、俺はどこか辛気臭い場所にいた。そこにはひとりの女性がいて、真っ赤な聖杯を所持していた。女性は聖杯を手にして、何かを叫んでいる。耳を澄ますが……聞き取ることはできない。

そして女性は背後にある棺《ひつぎ》に、聖杯を叩きつけた。聖杯から漏れ出た深紅の液体が、棺を真っ赤に染める。赤く染まった棺は勝手に動きだし、中から何かが出現した。それはまるで包帯まみれの、ミイラのようであった。ミイラは狂ったように笑い続ける女性の頭に、齧《かじ》りついた。

と、ここでひとつ気付いたことがある。

俺の背後から、何者かによる視線を感じるのだ。思わず振り返ると、そこには――俺がいた。ララとリリとルル、そしてレイナを従えている。背後にはシセルさんがいて、何やら頷いている様子だ。

自分の存在に気付いた瞬間、ひどい頭痛が襲ってきた。そして――

◆◇◆◇◆◇◆

「はっ――」

目を覚ますと、見慣れた天井があった。動悸《どうき》が激しい。発汗も凄まじい。めまいもするし、若干ながら吐き気もする。

「あ、アルガ様……大丈夫ですか?」

俺の異変に気付いたレイナが、心配そうに寄ってくる。その格好はネグリジェ1枚だけを着たもので、とても際どい。以前に風邪をひくから上着を着ろと言ったが、俺を誘惑するためにそんなものは着られないと断られたな。

「あ、あぁ……問題はない」

「本当に大丈夫ですか? わたし……心配です」

「大丈夫だ、安心しろ」

「わたしが妻だったら、もっと安心できますよね? 結婚しませんか?」

「しない」

バカみたいな会話のおかげで、少し落ち着いた。あの夢は……なんだ? やけにリアル感ある夢だったが……。

「うッ……!?」

一呼吸を置くと、またしても頭痛がやってきた。頭をガリガリと削られるような、ひどい痛みだ。

「あ、アルガ様!!」

何か柔らかいモノに頭が包まれるが、それでも痛みは引かない。痛い、痛い、痛い。18歳にもなって、涙を流すほどの痛みに苦しむことになるとは。情けないが、苦しみは消えない。

そして痛みに苦しんでいる最中、ひとつの記憶が脳裏をよぎった。それはどこかの組織の記憶。何やら怪しい格好をしている連中が、どこかの施設に入っていく記憶。全く知らない場所だが、どこか見覚えのある記憶だった。その記憶が頭をよぎると、不思議と頭痛は消えていた。

「う、痛た……。……ん?」

頭痛が消え、マトモに思考ができるようになると、違和感に気付いた。俺はプニプニモチモチの、マシュマロみたいなモノに頭を包まれている。……いや、これは知っている。少し前に同じ目にあった。

「……レイナ」

「大丈夫ですか!?」

「……心配しておきながら、求愛しているんじゃないぞ」

プニプニから頭を離す。「あっ」という嬌声《きょうせい》がレイナから聞こえたことで、確信した。俺はレイナの胸に、埋もれていたのだろう。

「で、だ、だって!! 殿方《とのがた》は胸に埋もれていれば、どんなケガも病《やまい》も治るのですよね!? 健康的な胸を見れば、健康になれるのですよね!?」

「どんな迷信だ……。少なくとも、俺の頭痛は自然に治った」

「そ、そうなんですか……。で、でも、し、心配だったのは事実ですよ!!」

「あぁ、わかっている。そこは感謝しているさ」

俯《うつむ》き、少し涙を見せるレイナの頭を撫でてやる。絹のように柔らかい髪は、感触が心地よい。

「えへへ……。それで何が起きたのですか?」

「あぁ……そうだな。レイナよ、父の復讐は果たしたいか?」

「……はい、もちろんです!!」

あの決戦からおよそ2ヵ月が過ぎた。俺たちの評判はさらに上がり、今では人類史上最強のパーティと呼ばれるようになった。2ヵ月も経過したのだから、レイナの怒りも風化したかもしれない。

そう思い質問したのだが、杞憂《きゆう》だったようだ。

あの夢は現実のものだと、俺の本能がそう叫んでいる。根拠などはないが、レイナの父親が見せたモノ……的な何かだと考えている。

「レイナよ、復讐相手の居場所がわかったぞ」

「……え?」

「さっそく明日、乗り込もう」

「……はい!!」

レイナはニッコリと、微笑んだ。

◆

次の日、俺たちは記憶の場所へとやってきた。そこは町はずれにある古い施設で、辺りに人はいない。そのため襲撃するには、打って付けの場所だった。

「ララ、【ドラゴンブレス】だ」

「デドラァ!!」

ララの爆炎が施設を焼き払う。建物内にいた人間の叫び声が、耳に届く。悲鳴、苦しみ、叫び。

少々罪悪感を抱くが、まぁ仕方ないことだ。

そして建物を焼き払うと、地下へと続く階段が見えた。どうやら本拠地は地下にあるようだ。

「アルガくん、今さらだけど本当にここでいいんだよね?」

「えぇ、記憶が正しければ」

「この奥に……お父様をおかしくさせた連中が……!!」

俺たちは階段を下った。

◆

「ぐ、お、お前らの目的はなんだ……」

「た、助けて……」

「や、やめて……こ、殺さないで……」

施設の中は研究所のようになっていた。大きなガラスケースがずらりと並び、そのガラスケースの中には異様な姿をした生命体が眠っている。そんなガラスケースを前に、白衣の人たちが何かの実験を行っている。創作物にしか出てこなさそうな光景に、思わず笑ってしまった。

そしてそんな研究所は、今では崩壊している。ガラスケースは砕け散り、中の生命体は死んでいる。科学者連中もほとんどが息絶え、生き残った人々も長くはないだろう。レイナの父に非道な行いをしたのだから、その報いを受けたのだ。

「お前たちはこの計画の指導者ではないな？」

「あ、あぁ……俺たちはカネのために働いているだけの、ただの下級研究員だ。何のために研究しているかなんて、知らねぇよ……」

「だから……私たちだけでも助けてよ……。殺さないで……」

「残念だがそうはいかない。俺たちのお姫様が、連帯責任だと暴れているからな」

研究所を壊滅状態にしたのは、主にレイナが暴れたからだ。吸血鬼の上位種である『吸血姫』。俺相手ではあっさりと敗れた彼女だが、その潜在能力はズバ抜けている。研究者たちはガラスケースから幾匹かの魔物を解き放ったが、レイナには敵わなかった。

「貴様ら!!　何者だ!!」

「聖なる地を汚《けが》しおって、ただでは済まさぬぞ!!」

現れたのは、ふたりの男。

ひとりは屈強な肉体を持つ、30代に見える男。

ひとりは痩せさらばえた、70代に見える老人。

その両者とも、牧師を彷彿《ほうふつ》とさせるローブを着用していた。

「あれは……」

思い出したのは、昨晩の夢。あのふたり、夢の人物と酷似している。格好も他の連中とは違い、きちんとしている。間違いない、ヤツらは教団の主要人物だ。

「レイナ、そいつらは殺すなよ」

「どうしてですか⁉」

「ヤツらは主要人物だ。情報を引き出したい」

「……わかりました」

レイナは落ち着きを取り戻し、ふーッと息を整えた。

「おやおや、私たちを倒すつもりですか？」

「ふぉっふぉっふぉ、若いの。若さ故に無謀じゃな」

ふたりは魔法を発動しようとする。

だが――

「殺さなければいいのですよね？」

レイナの方が格段に速かった。脱兎《だっと》の如《ごと》く駆けたレイナは、ふたりの首をもいだ。

「おいおい、殺すなって――ん？」

いや、ふたりは死んでいない。顔は若干青白いが、口をパクパクと動かしている。老人に至っては、罵詈雑言《ばりぞうごん》を喚いている。

「わたしの血液魔法で延命させています。若い方は声帯を体に残してしまったので声を発せませんが、老いた方は大丈夫ですね」

「貴様貴様貴様!!　このワシに対して、なんと不届きな!!」

「とりあえず、こっちは潰しますね」

レイナはそう言って、若い方の聖者の頭を潰した。

「ひッ、ば、バケモノめ!!　やめろ!!　ワシは殺すな!!」

「アルガ様、どうします？」

「とりあえず、帰ってから尋問をするか」

「はい!!」

「やめろ……やめろぉおおおおお！！！！」

老人の泣き叫ぶ声が、響いた。

◆

「ほら、知っていることを吐け」

俺たちは宿に戻るや否や、老人に尋問を行った。

「だ、誰が吐くか!!」

「生意気だね。アルガくん、どうする?」

「八つ裂きにしましょう。腹が立ちます」

「いやいや、情報を引き出す必要があるから。とりあえず、痛めつけるか」

尋問なんてしたことはないため、イメージ内の尋問を行おう。俺はさっそく漆黒の短剣【黒竜の牙】を取り出し、老人の頬を裂いた。

「痛い!!　……く、腐っていく!!　た、助けてくれ!!」

「じゃあ、知っていることを吐け」

「そ、それは……無理じゃ!!　お前たちのような下等な人種に、崇高なる邪神様のことなど言えるハズがない!!」

「……邪神?」

「はッ、しまった……」

邪神、それはシセルさんが討伐《とうばつ》したのだろう?　俺と出会うよりもずっと、ずっと昔に。シセルさんに視線を向けると、コクッと頷かれた。

「もしかして……私が倒した邪神を、復活させようとしているの?」

「そ、それはじゃの……」

「正直に言わないと、傷つけるぞ」

「いや、それは……腐るところが痛いのじゃ!!」

「だったら、正直に吐け」

「……偉大なる神よ、すまない」

老人はつらつらと語りだした。

まず初めに、自分たちは邪神を信仰していること。邪神の復活を目論み、日夜活動を行っていること。多種多様な生命体に対して、培養した邪神の血液を植え付けていること。それは邪神の生態を理解するために必要な、実験の一環であること。

「つまりお父様は……お前たちの実験とやらのせいで、狂ってしまったというわけですね……」

「神が顕現《けんげん》したとき、何が起きるのかわからんからの。まずは実験体を通して、神の影響を理解する必要があるのじゃ」

「よくも……よくも!!」

レイナの魔力が爆発する。これはまずいな。

「レイナ」

「アルガ様、わたし……許せません!!」

「わかっている、だが少し待ってくれ」

「でも!!」

「お前の気持ちは痛いほどわかる。だからこそ、少しだけ落ち着いてくれ」

「……わかりました」

俺の気持ちが伝わったのか、レイナは椅子に座った。

「さて、じいさん。最後の質問だ」

「……なんじゃ」

「お前たちの幹部は、3人いるはずだろ。あとひとりはどこに消えた？」

「ど、どうしてそれを……」

「神のお告げだ」

本当は夢で見ただけなのだが。まぁ、本当のことを言う必要はないか。

「……ワシも詳しいことは知らん。あの御方は神出鬼没《しんしゅつきぼつ》で、ワシらでさえも何を考えておられるのかわからんからな」

「ウソを吐くな。カナトたちに接触して、時間を稼ごうとしているんだろ？　つまり、カナトたちの側にいるんだろ？」

「……どこまでも知っているのか。さすがは『2つ目の職業《セカンド・ジョブ》』持ちじゃな」

「で、どこにいるんだ？　カナトたちの具体的な位置は、俺も知らないんでな」

「……あいにく、ワシも知らん。言ったじゃろ、あの御方は神出鬼没なのじゃ」

「そうか、だったらいい」

俺はレイナに命令する。

「レイナ、潰していいぞ」

「はい!!」

「え、あッ――」

抵抗虚しく、老人はレイナに潰された。グシャッと、まるでトマトのように脳漿《のうしょう》を撒き散らして。

「汚いな……」

「どうするの？　カナトたちを探し出すの？」

「いえ、どうせ俺たちに接触してくるはずです。わざわざ探す必要はないでしょう」

「でも……お父様を狂わせるほどの力を持つ邪神が、復活したらマズいんじゃないですか？」

「レイナ、カナトたち如きが俺たちを相手に、時間稼ぎができると思うか？」

「えっと……思いません」

カナトたちは所詮、S級だ。力を授けられたとしても、俺たちには到底及ばないだろう。

「それに仮に復活しても、何の問題もないよ」

「えぇ、一度倒したシセルさんがいますからね」

「それに邪神と相対する頃には、アルガくんも楽勝で勝てるくらい強くなっていると思うよ？」

「そう……ですか？」

ありがたい言葉だ。邪神を楽勝で屠《ほふ》れる強さ、俺もその頂《いただき》に到達したい。

さらに強くなろう。邪神を倒し、いつか……シセルさんに並べるように。

◆

その翌日、俺はシセルさんと防具屋に来ていた。

「これとかどうかな？」

シセルさんが見せてきたのは、紅蓮《ぐれん》のローブ。今着ているモノとデザインが似ているが、所々に紅い装飾がちりばめられている。なるほど、鑑定してみてわかったが、炎耐性が高いのだな。

「うーん。微妙ですね」

「そう？　良いと思ったんだけどね」

「邪神って炎系の攻撃はしてくるんですか？」

「うーん、部分的にそうかな？　闇属性と炎属性の合成、みたいな攻撃を多用してくるよ？」

「だったら……なおさらいりませんね。今の話を聞く限りだと、闇属性の耐性を高めた方が良さそうですね」

「それもそうだね」

久しぶりに防具屋に来たが、色々な防具が売っているな。最後に来たのは何年も前だが、あの頃と比べると品ぞろえがガラリと変わっている。

かつては各属性攻撃に耐性がある防具か、あるいは防御力のみに特化した防具くらいしかなかった。だが今は、虫系やドラゴン系に耐性のある防具など、系統に耐性のある防具が生まれている。なおかつ、デザインもかつてとは違って、実に多種多様だ。オシャレと言ってもいいだろう。

「あ、これなんてどうかな？【邪悪特効】が付いているよ？」

シセルさんが次に持ってきたのは、漆黒《しっこく》の手袋。グリップが利いた、ものを握りやすそうな手袋だ。

「邪悪特効……？」

「邪悪なモノに対して、10パーセントの特効が付くんだって。邪神なんて呼ばれているんだから、きっと特効が効くんじゃないかな？」

「シセルさん的にはどう思いますか？　邪神っていう名前ですけれど、対峙《たいじ》したときに邪悪な印象はありましたか？」

「うーん、なんていうか……邪悪な雰囲気は正直なかったかな。なんというか、私が対峙した邪神って、生まれたばかりだったみたいなんだよね」

「つまり邪神の赤ちゃん……というわけですね？」

「そうなるね。大きくなったら狡猾《こうかつ》で邪悪になるかもしれないけれど、少なくとも対峙した時点ではそうは思わなかったな」

「シセルさんが邪神と戦って、数年しか経っていませんよね。邪神の寿命は知りませんけれど、多分俺たちが想像しているよりはずっと長いハズですよね」

「うん、多分ね」

「だったら、邪悪特効というのは通じないかもしれませんね」

「純粋が悪というのなら、通じるかもしれないけど。確かに望みをかけるよりは、確実に通じる特効を用意した方がいいよね」

「えぇ、そうですね」

しかし、邪神に特効のある防具ってなんだ？　そんな防具、この世にあるのか？

「というか今さらだけど、多分アルガくんはこんなところで防具を揃《そろ》えなくても、邪神に勝てると思うよ？」

「え、いやいや、買いかぶりすぎですよ」

「そんなことないよ!!　レイナを仲間にしてから、さらに強くなったよね？　だったら、楽勝だと思うけどな」

「あはは、でも準備しておいて損はしませんよね」

「まぁね。お、これはどうかな？」

次にシセルさんが見せてきたのは、漆黒のローブ。今俺が着用しているモノと、よく似たデザインだ。

「【海系特効】が付いているよ!!」

「海系……ですか？」

「うん!!　邪神はヒトデに似ていたからね、多分通じると思うよ!!」

「そう……ですか？」

シセルさんがそう言うのなら、そうなのだろう。とりあえず、気乗りはしないが……このローブは買っておくか。

「さ、次も見よう!!」

シセルさんは俺の手を引き、俺たちはさらなる防具の購入を進めた。

◆

「今日は楽しかったね!!」

「えぇ、そうですね」

結局購入したのはローブと手袋、そしてブーツだ。そのどれもが海系特効が付与されている。

「でもこれで、完璧じゃない？　邪神でも楽勝で勝てるよ!!」

「だと……いいですけれどね」

自分が強くなったことは自覚している。だが……それでもなお、恐れているのだ。未知の魔物に、心の奥底の俺は怯えている。

「大丈夫だよ」

「え？」

「大丈夫、アルガくんなら勝てるよ」

シセルさんは俺の心が読めるのだろうか。最も贈ってほしい言葉を、シセルさんは贈ってくれた。

「あはは、ありがとうございます」

……そんなに悲観しすぎる必要はないのかもしれないな。人類最強のシセルさんがそう言うのだから、大丈夫なのだろうな。

俺は少し、楽観的になれた。

◆

次の日、俺とレイナはカフェに来ていた。

新しくオープンしたとのことで、レイナが前々から来たかったのだという。

「これスゴく美味しいです!!」

「そうか、それは何よりだ」

レイナが食べているのは、イチゴの乗ったパイだ。生地はサクサクでイチゴは甘い、レイナ曰《いわ》く最高らしい。そしてレイナが飲んでいるのは、これまた美味しそうなクリームソーダだ。若干アイスが溶けており、それがまた美味しそうに見える。

「しかし……こんな店に俺みたいなヤツがいて、本当にいいのか?」

この店は若い男女に人気らしく、周りを見るとやはり若い男女が多い。全員キャピキャピしており、なんというか……場違い感が否めない。

「アルガ様はわたしと一緒にいることが、嫌ですか??」

「いや、そういうわけではないが……俺みたいな陰気な男が、こんなキャピキャピ空間にいてもいいのか?」

「大丈夫ですよ、わたしからしたらアルガ様が一番輝いて見えますから!!」

「そうか……?」

何が大丈夫なのかはわからないが、レイナが言うのなら……問題はないのだろう。……いや、別の問題はあるのだが。

「しかし、こんなところで時間を潰していて、本当にいいのか？」

「邪神に対抗するために、少しでも鍛えた方がいい……と、思っているんですね」

「あぁ。いやいや、心が読めるのか？」

「大好きな人の思考くらい、わかりますよ!!」

それは……なんというか、怖いな。ヒトを好きになると、思考が読めるようになるのか。

「でも、大丈夫だと思いますよ？　だって、アルガ様は十分強いですから!!」

「それ、シセルさんにも同じことを言われたな」

だがそう言われても、実感は湧かない。確かにステータス的に、俺は格段に強くなった。だが……

それでも邪神に勝てるとは、到底思えないのだ。

「……そうですよね。昨日、シセルさんとデートしたんですものね」

「デートって、単なる買い物だぞ？」

「……ふんッ！」

頬を膨らませ、パイを頬張るレイナ。なんだ、拗《す》ねているのか？

「おいおい、拗ねるなよ」

「ふへへふぁふへひふぁへふ!!」

「口の中のパイを飲み込んでから言ってくれ」

「拗ねてなんていません!!」

「いやいや、どう見ても拗ねているだろ」

「……アルガ様がわたしと、デートしてくれたらいいですよ。許してあげますよ」

「デート？　具体的に何をするんだ？」

異性との付き合いが皆無な俺は、デートなるものを経験したことがない。具体的にどんなことをすればデートになるのか、皆目見当もつかない。

「じゃあ、この後わたしに付き合ってくれますか？」

「あぁ、構わないぞ」

「やった!!」

「こら、はしたないぞ」

「ごめんなさい……」

その後、俺たちは食事を済ませ、店を後にした。

◆

「今日は楽しかったですね!!」

「あぁ……そうだな」

ドッと疲れた。あの後、レイナに連れられて、様々な店を訪れた。そして様々なものを買い、自身の影に収容して……。

ステータスが上がり、スタミナも増えた俺だが、なんというか……疲れた。精神的な疲弊と肉体的な疲労は、全然違うのだな。どれだけ強くなっても、これは慣れそうにない。

だが、楽しかったのは……事実だ。全てが新鮮だった。俺ひとりだと絶対に訪れない店に訪れ、未知を知る。それら全てがおもしろく感じた。

「レイナ、またどこかでデートしような」

「え、え、え、えぇええええええ！！！！！！」

「いや、どうしたんだよ。そんなに驚くことを、俺は言ったか？」

「い、いえ……その!!　ふつつか者ですが、よろしくお願いします!!」

「あ、あぁ……？　よろしく頼む」

何故レイナがこんなにも喜んでいるのか、よくわからない。だがまぁ……わからなくても、構わないか。レイナが喜んでくれるだけで、俺も嬉しいからな。

しかし……なんだろうか、この胸の動悸は。レイナを見ていると、胸がドキドキする。これは……発作か？　明日、病院に行ってみようか。

閑話 × その後の俺たち【カナト視点】

俺たちの評判がガタ落ちして、2週間が経った。この2週間、俺たちは……浮浪生活を送っていた。

「クソッ、最悪だ!!」

「どうして、こんな目に遭うんっスかね……」

「いつになったら、こんな生活が終わるのでしょう……」

カネはなく、宿には泊まれない。ギルドで依頼を受けようにも、他の冒険者が邪魔をしてくる。冒険者に邪魔をされるが故に、カネを稼ぐことはできない。

かつて俺たちのファンだったヤツを訪ねたが、憲兵を呼ばれた。仕方なくカネを借りようとしたが、俺たちの顔を見ただけで職員は追い出してきた。

本当に……最悪だ。

「全部、全部アルガのせいだ!!」

「そうっスよ!! アイツさえいなければ、ボクたちはこんな目に遭わなかったんスから!!」

「なんとかして復讐をしたいですね……」

こんな話をしても、何も変わりはしない。そんなことはわかっているが、どうしても愚痴は消えない。泥を啜《すす》って飢えを凌《しの》ぐ今の生活では、愚痴を吐いて空腹を紛らわせることしかできないのだ。

しかし……、絶対にアルガは許さない。こんな極貧生活をいつか抜け出してやり、アルガたちに復讐してやる。俺たちをこんな目に遭わせたんだ。死ぬことよりも恐ろしい、凄惨《せいさん》な復讐をしてやる。

「おぉ、こんなところにいたか」

アルガへの復讐を誓っていると、ひとりの少女が話しかけてきた。少女は10代に見えるが、なんというか……不思議な雰囲気を纏《まと》っている。出会ったことなどないハズなのに、どこか懐かしいような……そんな雰囲気をした少女だ。

「えっと、キミは誰っスか？　迷子っスか？」

「いやいや、貴様らを探していたんだ」

「？　えっと……どこかで会いましたっけ？　いえ、会った気はしますけれど……」

「ワタシのことはどうでもいいだろう。それよりも、貴様ら——悔しくないか？」

少女は真っ赤な瞳を輝かせ、そう語った。

「悔しい……？」

「アルガに嵌《は》められて、悔しくないか？」

「どうしてその話を……。いや、その話は小さな女の子でさえも知っているくらい、既に広まっているのか」

「そりゃあ悔しいっスけど、でも……どうしようもないっスよ」

「いつかは復讐をしたいですけれど、少なくとも……今はその時ではありませんね」

ふたりの言うとおりだ。

俺たちにはカネがなく、何もできない。

冒険者としてもE級に成り下がり、権力も失った。今の俺たちには、何ひとつとしてないのだ。

「ワタシなら、今の状況を打破できるぞ？」

少女は荒唐無稽《こうとうむけい》に、そう語る。ただの子どもの戯言《ざれごと》、とは思わなかった。何故かはわからないが、その言葉は真実なのだと悟った。

「……本当だな？」

「あぁ、ワタシの手を取れ。そうすれば、貴様らに――力を授けよう」

俺たちは少女の小さな手を――取った。

第二章 × 邪神のもとへ

その日、俺は宿にいた。

目の前にはいつもの3匹、そしてレイナ。そう、お待ちかねの〝配合〟の時間だ。

「まずはララからだ」

「デドラッ!!」

ララに混ぜる素材は、いつも通りのメタルカナブン。その鋼の体をさらに堅牢《けんろう》にするために、最近はメタルカナブン以外の配合素材は使用していない。

メタルカナブンとララを配合する。光り輝くララの体。もう見慣れたな。そして光が晴れると、ララの体に変化は……なかった。

「次はリリだ」

「ルガァ!!」

リリに混ぜる素材は、『デビルベヒモス』。

強靭《きょうじん》な肉体を持つ、真っ赤なウシ型の魔物だ。これといった特殊な攻撃はしてこないが、その驚異的な身体能力でSS級にまで上り詰めた最強クラスの魔物である。

デビルベヒモスとリリを配合する。光り輝くリリの体。そして光が晴れると、リリの毛が若干赤みを帯びていた。

「次はルルだ」

「テ・ケリリ!!」

ルルに混ぜる素材は、『デーモンゴースト』だ。頭に角が生《は》えた幽霊系の魔物で、生者の恐怖を食う特性がある。その特徴はルルに都合がいい。そのため、今回配合素材に選んだ。

デーモンゴーストとルルを配合する。光り輝くルルの体。光が晴れても、ルルに変化はなかった。

「最後は……レイナもするか?」

「うーん……どうしましょう」

正直、レイナに配合を行うメリットは薄い。レイナには【最終進化者】という固有スキルがある。これから先、進化することはないというスキルだ。配合をしても、レイナは進化しない。ステータスに変動はあるかもしれないが、しかし……美しいレイナの容姿が変わってしまうことは避けたい。だったら……配合はやめた方がいいだろう。

「レイナはやめておこうか」

「わかりました。アルガさんはするんですか?」

「いやぁ……やめておこう」

ある時から、俺はステータスを確認することができなくなった。不安になって調べていると、シセルさんから興味深いことを言われた。どうやらシセルさんも、自分のステータスを見ることができないようだ。

シセルさん曰く、一定の水準以上の力を得た者は、ステータスを超越するらしい。つまり俺もその水準を、越えてしまったのだろう。

「デドラァ!!」

「ルガァ!!」

「テ・ケリリ!!」

瞬間、3匹の体が輝いた。これはもしや……。

「進化の兆候!!」

3匹の体が光り輝く。そしてその光が晴れると、これまでとは比べ物にならないほどに大きく成長した3匹がいた。

「フドラァ!!」

「オガァ!!」

「テ・ケリリ!!」

ララの変化は凄まじい。

ヘビのように細長かった体は、進化した今ではガッシリとした。細い脚も同様に、丸太のように太くなっている。背に生えた翼は、より大きく。美しい鋼《はがね》の鱗《うろこ》は、その頑強さを保持したまま、よりきめ細やかに。顔の変化は少ないが、些《いささ》か目つきが鋭くなったように思える。まさしく、イメージ通りのドラゴン。そんな風貌《ふうぼう》に変わった。

リリの変化は、より素晴らしい。

ある一点を除き、リリの変化は少ない。だが、その一点だけで……3匹の中でより突出した変化をしていた。そう、リリは――首がふたつになったのだ。元々あった首の隣に、ニョキッと生えたもうひとつの首。リリはソレに戸惑う様子はない。

ルルの変化は……ほぼない。

少しだけ色が濃く、より漆黒に染まった程度だ。

「スゴい!!　凄まじい進化ですね!!」

「容姿の変化も凄まじいが、ステータスはもっと恐ろしいことになっているだろう」

俺は3匹のステータスを確認する。

【名　前】：ララ
【年　齢】：1
【種　族】：ファフニール
【レベル】：1
【生命力】：343861／343861
【魔　力】：842648／842648
【攻撃力】：7363849
【防御力】：9284763213
【敏捷《びんしょう》力】：56839

【汎用スキル】：剣術　Lv6
短剣術　Lv11
体術　Lv8
引っ掻き　Lv999
噛みつき　Lv999
突進　Lv999

【種族スキル】：ドラゴンブレス　Lv999
ドラゴンテール　Lv999
ドラゴンウィング　Lv999
ドラゴンクロー　Lv999
ライトニングタックル　Lv42
ライトニングサンダー　Lv41
超音波　Lv5
ニードル　Lv7
毛棘飛ばし　Lv4
火炎車　Lv6
毒爪　Lv10

メタル化　Lv MAX
【固有スキル】：鋼の鱗　Lv MAX
【魔法スキル】：《下級の火球《ファイア・ボール》》　Lv 4

【名　前】：リリ
【年　齢】：1
【種　族】：オルトロス
【レベル】：1
【生命力】：658393／658393
【魔　力】：164759／164759
【攻撃力】：9075903713
【防御力】：8748472919
【敏捷力】：61438740745
【汎用スキル】：引っ掻き　Lv 999
噛みつき　Lv 999
突進　Lv 999

嗅覚強化　Lv 999
【種族スキル】：肉裂爪　Lv 999
電磁防壁　Lv 631
ライトニングタックル　Lv 788
ライトニングサンダー　Lv 876
スパークカッター　Lv 811
サンダーブレス　Lv 777
ヘルサンダー　Lv 453
ヘルブレス　Lv 999
ヘルフレイム　Lv 999
超音波　Lv 6
ニードル　Lv 6
毛棘飛ばし　Lv 11
火炎車　Lv 8
毒爪　Lv 20
地獄の遠吠え　Lv 44
【固有スキル】：地獄の霹靂神《はたたかみ》
【魔法スキル】：《下級の火球《ファイア・ボール》》　Lv 3

《下級の闇球《ダーク・ボール》》Lv3

【名　前】：ルル
【年　齢】：1
【種　族】：ショゴス・ロード
【レベル】：1
【生命力】：999999999999／999999999999
【魔　力】：999999999999／999999999999
【攻撃力】：999999999999
【防御力】：999999999999
【敏捷力】：999999999999
【汎用スキル】：噛みつき　Lv999
　　　　　　引っ掻き　Lv999
　　　　　　突進　Lv999
【種族スキル】：狂気乱舞　Lv999
　　　　　　狂気錯乱　Lv999

恐怖付与 Lv999
神経攻撃 Lv999
潰《ツイ》エタ希望 Lv999
祝福セシ滅亡 Lv999
忌々《イマイマ》シキ太陽 Lv999
悪ナル上位 Lv999
滅ビヨ人類 Lv999
超音波 Lv17
ニードル Lv7
毛棘飛ばし Lv4
火炎車 Lv6
毒爪 Lv10
【固有スキル】：回復のコツ LvMAX
恐怖を啜るモノ LvMAX
【魔法スキル】：《下級の火球《ファイア・ボール》》 Lv3
《下級回復魔法《ヒール》》 Lv999
《中級回復魔法《スーパー・ヒール》》 Lv999
《全体回復魔法《オール・ヒール》》 Lv999

《下級解毒魔法《キュア》》Lv999
《全体解毒魔法《オール・キュア》》Lv999

「……凄まじいな」

全員新規のスキル習得はない。

だが……ステータスの上昇率が、尋常ではない。いち、じゅう……多いステータスに至っては、1000億を超えている。

正直、これならば邪神でもなんでも、敵ではないだろう。これほど強いのならば、楽勝で勝てるだろう。1匹だけでも邪神を優に越えるだろう。

「俺は……心配しすぎていたみたいだな」

「ふふ、心配性なところも好きですよ」

「そうか、それはありがたいな」

「え、それって……結婚してもいいってことですか？」

「違う」

そんなくだらない話をしながら、俺はベッドに横になる。心配しすぎる必要はない。これで……ゆっくり眠れそうだ。

◆

あれから数か月、俺たちは邪神と関連のある施設を次々と潰し回っていた。そんなある日、研究者の一員がおもしろいことを吐いたのだ。そう、邪神の居場所を。

「この中に邪神が本当にいるのか？」

やってきたのは、ファースト迷宮。

SSS級に指定される、極めて危険な迷宮だ。だが……俺たちの手にかかれば、ただのザコ迷宮に変わるのだ。

「あの研究者の言うことを信じるのなら、いると思うよ？」

「まぁ、あの研究者を信じるしかないですからね」

「それに仮にいなくても、この迷宮はSSS級ですよ！　レアなアイテムがたくさん眠っていますよ!!」

「それもそうだな。気楽に行こうか」

邪神がいれば、最高。いなければいなかったで、レアアイテムを採取。そう考えた方が、精神衛生的によろしい。

「グラァアアア!!」

「お、魔物か」

現れたのは、トラ型のサーベルタイガー。

見た目は一般的なトラとほとんど相違ないが、唯一、口から生えた長いナイフのような牙だけが違う。圧倒的な身体能力と、長い牙が武器の厄介《やっかい》生物だ。

「やぁ!!」

「グラァ……」

……そう、厄介生物だった。

SSS級の魔物の中では、最強格の魔物なのだ。相手が悪すぎただけで、かなり強い魔物に違いはないのだ。

「あ、終わっちゃった」

シセルさんはキョトンとした顔で、サーベルタイガーのドロップアイテムを回収している。……SS級のサーベルタイガーよ、戦う相手を間違えたな。

「……シセルさんって、本当に最強なんですね」

「うん、まぁね!!」

「……恐れ多いです」

「?」

SSS級の魔物を一撃で屠れるシセルさんに畏怖《いふ》しながら、俺たちは先へと急いだ。……シセルさんは絶対に、怒らせないようにしよう。

◆

その後も、俺たちは迷宮内を進んだ。

出現する魔物は、大抵シセルさんが一撃で屠る。そのため、なんとも暇な冒険となった。

そして、俺たちはついに最下層へと降り立った。目の前には大きな扉、つまりこの奥に――

「邪神が……この奥にいるんですね」

「うん、そうだね!!」

「が、がんばりますよ……!!」

三者三様、気合を入れる。そして、扉を開け――

「ちょっと待ったッス!!」

「お待ちなさい!!」

――俺たちを邪魔してきたのは、ふたりの年増《としま》。カナトパーティのふたり、サンズとナミミだ。

「偉大なる邪神様の復活を邪魔させないッスよ!!」

「そうです!! 世界の変革を、邪魔させません!!」

なるほど、カナトたちの行方がわからなかったのは、そういうことだったのか。邪神教に入信したことで、行方をくらませていたのだな。

「はぁ……アルガくん、先に行ってて」

「ここはわたしたちが食い止めます」

呆れた様子のふたり。まぁ……その気持ちは痛いほどわかる。

「うん、わかった」

俺はひとり、扉を開けた。

◆

【サンズ視点】

艶やかな黒髪、パッチリした目。

化粧をしていないのに、綺麗な顔。

大きな胸と、適度に高い身長。

ボクたちの目的はアルガたちの足止めだったッスけど、今はそんなことはどうだって構わないッス。

この女を見ていると、そんなことはどうだって良くなってくるッス。

「シセルさん、戦う前に教えてほしいことがあるッス」

「うん、何かな?」

「今……何歳ッスか?」

「えっと、18歳だけど?」

その瞬間、ボクの中の何かがキレたッス。

「……18?」

「え、うん。え、なんで怒っているの?」

「強さと美貌、ソレに加えて……若さまでもあるんスか？」

「え、な、なんの話？　なんか怖いよ？」

「……許せないッス」

シセル・ル・セルシエル、彼女が人類最強だってことは知っているッス。彼女を相手にケンカを売ることなんて、無謀だってことくらいは存じているッス。

だけど……ボクにはどうしても、彼女を許すことができないッス。ボクよりも美しい容姿、ボクよりも大きな胸。ボクよりも強く、ボクよりも……若い。彼女はボクの、いえ……全ての女の敵ッス。

「シセルさん、ボクは……あなたを許せないッス」

「えぇ……私、何かした？」

「あなたの存在そのものが、目障りなんスよ!!　消えてほしいんスよ!!」

「それは……難しいね」

そう笑う表情も、とても美しくて……ボクの感情を逆撫でするッス。

「頼むッス、死んでほしいんスよ」

「無理だね、だって私はキミを倒すんだから」

「なら……ここで殺してやるッス!!」

ボクは拳を握り、駆けたッス。

無茶で無謀と笑われようと、これは——ボクの意地ッス!!

◆

結論から言うと、ボクは敗北したッス。そう、完全敗北ッス。

ボクが殴りかかろうとしたとき、シセルさんは何かをしたッス。そして気が付くと、ボクは……胴体が真っ二つになっていたッス。

ゴトッと落ちて、ボクは気付いたッス。下半身が少し遠くで、転がっていることに。

「……ボクは負けたンスね」

「あなたは強かったよ。ただ少し、邪念が拭えていなかったかな」

「邪念……シセルさんを相手にするんスから、拭う必要なんてないッスよ」

「そっか。なら……あなたの拳は弱く、ひどく醜いね」

「醜い……。うん、その通りッスね」

そうッス、ボクは醜いッス。

そんなこと最初から、わかっていたッス。若くて美しい女に嫉妬して、対抗しようと必死に足掻く姿が無様なことくらい……知っていたッス。

だけど——止められなかったんスよ。そうしないと老いていくばかりで、若い子からは置いていかれるんスから。

必死にメイクをして、口調を変えて……若い子の真似をしたッス。そうして若いふりをしていくうちに、いつしか本当に自分が若いと錯覚するようになったッス。本当の自分を、見失っていったんスよ。

「じゃあね」

シセルさんの剣が、顔に近付いてくるッス。

あぁ、ボクは死ぬんスね。来世があるなら、もっと正直に生きたいッス。老いた自分も愛せるような、そんな自分になりたいッス。……ラトネを見殺しにしたボクに、来世があるとは思えないッスけど。

そんなことを考えていると、剣は――

――ボクの首を落としたッス。

◆

【ナミミ視点】

「《赫血の剣《ブラッド・ソード》》!!」

「くッ……」

悪戦苦闘、そんな言葉がふさわしいですね。この吸血姫相手に、私は手も足も出ません。吸血姫の攻撃を避けるので、精一杯です。

「えっと、その程度ですか？」

「隙を見せましたね!! 《上級の聖剣《ホーリー・ソード》》!!」

私が発動した4本の光り輝く剣は、吸血姫に向かって飛んでいきます。そうです、そのまま……串刺しになりなさい!!

「……？」

ですけれど、私の攻撃は通用しませんでした。光の剣は吸血姫の柔肌を裂くことさえ叶わず、吸血姫に触れた瞬間に霧散してしまいました。

「ウソ……でしょ……!?」

「えっと、本気でやっていますか？　手を抜いていませんか？」

「そんな……聖属性の攻撃は、悪魔系の魔物には特効がかかるのよ!!　あなたみたいな吸血姫も悪魔系だから、聖属性の魔法は弱点のハズでしょ!!」

「えっと、そうだけど……その……」

吸血姫は言いにくそうに、口をモゴモゴと動かしている。何よ、言いたいことがあるんだったら言いなさいよ!!　とは、聖女なので言えません。

「あなたの魔法が……弱いから、効かないのです……」

「……は？」

私の魔法が……弱い？

聖女として崇められた私の魔法が、弱いですって!?

「なんですって!?」

「ま、まぁまぁ落ち着いてくださいよ。あなたは聖女なんですよね？」

「えぇそうよ!!　だから、聞き捨てならないのよ!!」

聖女として被っていた猫が、脱げるわ。これまでにどんな悪魔も屠ってきた私の魔法が、弱いわけがないじゃない!!

「確かにあなたの魔法はS級までの魔物なら、一撃で屠れると思いますよ。だけど……私はSSS級です」

「……そ、ソレが何よ!!」

「わからないんですか？　あなたの魔法が弱すぎるから、SSS級の私には通じないんですよ」

「いいかげんなこと言わないで!!」

そんなこと、ありえないわ!!

私は聖女よ、SSS級の魔物だって……倒してみせるわ!!

「《上級の聖剣《ホーリー・ソード》》《上級の聖鎖《ホーリー・グレイプニル》》《上級の聖矢《ホーリー・アロー》》」

放つのは、3つの魔法。

《上級の聖剣《ホーリー・ソード》》で串刺しにして、《上級の聖鎖《ホーリー・グレイプニル》》で拘束。最後に《上級の聖矢《ホーリー・アロー》》で蜂の巣にしてあげるわ!!

放った3つの魔法は、一目散に吸血姫に。さっきの発言、取り消させてあげるわ!!　私の魔法を愚弄したこと、後悔させてあげる!!

「ハァ……《赫血の嵐《ブラッド・テンペスト》》」

だけど、私の魔法は吸血姫には届かなかった。吸血姫が放った、血液の嵐に掻き消されてしまった。

「……え？」

「見苦しいですよ、自分の弱さを認めないのは」

「そ、そんな……あ、ありえない……」

「まぁ、カナトさんの仲間なんですから、見苦しいのも当たり前ですね」

吸血姫は拳を握って——

「地獄で反省してくださいね」

私の顔面を、潰した。

◆

扉を開けると、そこには——

「よォ、待っていたぞ」

「……カナト」

カナトがいた。

手には光り輝く大剣を携え、防具も新調している。なるほど、邪神教の連中から手厚い支援を得ているのだな。

「……お前はバカだ。どうしたって、救えない」

「お前になんか救ってもらう必要はないよ。俺は邪神様に救ってもらうから」

「そうか、ならば――これ以上の会話は必要ないな」

俺はそう告げ、3匹を召喚する。

「醜い魔物たちだな。邪神様の崇高なお姿とは、まるで比べ物にならない」

「勝手にほざいていろ」

会話は必要ない。人類の裏切り者である、コイツを屠ればいいのだから。

◆

「ララ、【ドラゴンブレス】」

「フドラァ!!」

ララが放った火炎は、これまでとは比べ物にならない威力だ。轟々と燃え盛るソレは、たちまち部屋中を火の海へと変える。

「ぐ、ぁあああああ!!」

部屋全体が火に包まれたのだから、カナトに逃れる術はない。灼熱《しゃくねつ》に包み込まれたカナトは、その肉を焼かれていく。

「リリ、【噛みつき】」

「オガァ!!」

炎に焼かれて苦しむカナトに、リリが追い打ちを掛ける。ふたつの首でカナトの両腕に噛みつき

―

「オガァ!!」

「ぐぁあああああ!!」

両腕を噛み千切った。ドクドクと溢れ出る血液は、焔《ほのお》で蒸発する。痛々しい傷跡も、すぐさま焔で焼かれた。

「ルル、【潰エタ希望】だ」

「テ・ケリリ!!」

ルルの体がさらに黒くなり、次の瞬間――漆黒の光線を放った。光線は焔を掻き分け、カナトの下半身に命中する。

「ぁあああああ!!」

光線はカナトの下半身を、吹き飛ばした。その傷口は光線の影響で腐り始めており、なんとも痛々しい。

「ぐ、ぐぅうう……」

「どうしたカナトよ、その程度か?」

「ふ、ふははは!! アルガよ、俺がこの程度で敗れると思うか?」

「なんだ、元気じゃないか。だったら、もう一度――」

「話は最後まで聞け!! 俺は邪神様の加護を授かり、人間を超越したのだ!!」

「で?」

「そして俺は得たのだ!!　人間を超えた再生能力を!!」

　カナトが力を入れる動作をすると、みるみるうちに傷が癒えていく。焼かれてケロイド状になった皮膚は、元の鬱陶《うっとう》しいほどに綺麗な肌色に。噛み千切られた腕は、グショッと生えてきた。そして、下半身は――

「な、何故だ⁉　何故回復しない!!」

　一向に再生しなかった。

　相変わらず腐り続ける、カナトの下半身。その進行速度は、あと10分で上半身の全てを腐らせると思われる。

「ルルの種族は『ショゴス・ロード』、俗に言う〝邪神系〟の魔物だ。だからこそ、邪神の加護による再生能力を掻き消すことができたんだろう」

「な、何を言っている!!　俺は……死にたくない!!」

「そうだな、さらなる嫌がらせを思いついたぞ」

　俺は短剣を取り出し、カナトの顔をズタズタに裂いた。

「ぎゃぁあああああ!!」

「痛いだろう。この短剣には傷つけたものを、腐らせる効果があるんだ」

「クソッ!!　治っても治っても、そこから腐っていく!!」

「つまり、そういうことだ」

　顔面の腐敗、そして下半身の腐敗。どちらもがカナトを苦しめ、苦痛を与える。再生能力があっても、痛覚は生きているように見える。だからこそ、地獄の苦しみを永遠に味わうのだ。

「た、頼む!! なんとかしてくれ!!」

「俺を追放したとき、俺は懇願したはずだぞ？ 追放しないでくれ、と」

「だからなんだ!! 今はそんな話、関係ないだろ!!」

「だがお前は俺の懇願に応えなかった。だったら、俺もお前の頼みを聞く道理はないだろう？」

「昔の話じゃないか!! 頼む、死にそうなんだ!!」

「だったら、さっさと死んでくれ」

虫のいい男だ。こんなクズ、早く死んだ方が世のためだ。

「あ、あぁああああ!! 腐敗がどんどん進んでいる!!」

そうこうしているうちに、カナトの腐敗は進行する。今では首から下は、完全に腐り落ちてしまった。邪神の加護により、生かされているだけの状態だ。

「頼む!! マジでなんとかしてくれ!!」

「……あぁ、わかった」

「ほ、本当か!?」

「ただし、条件がある」

ニヤッと微笑み、俺は告げる。

「金貨100万枚を、今すぐに用意しろ」

「い、今すぐは無理だ!! だが、救ってくれれば必ず用意する!!」

「交渉決裂だな」

俺はカナトの頭に脚を乗せた。

「な、何のつもりだ!!」

「さぁ、当ててみろ」

そのまま足に力を加え、少しずつカナトの頭を潰していく。腐敗が進行しているそれは、柔らかく潰しがいがある。

「や、やめろ!! し、死ぬだろ!!」

「そろそろ死んだ方が良いだろう」

「あ、あぁあああ!!」

そしてカナトの頭部は、トマトのように潰れた。真っ赤な汁を撒き散らし、辺り一面を深紅に染めて。

「……終わった」

カナトへの復讐が、これで終わった。思えば、長い道のりだったな。追放から始まり、苦節数か月。本当の本当に、これで終わりだ。

「残りは……消化試合だ」

そう呟くと、扉が開いた。やってきたのは、シセルさんとレイナ。ふたりも無事に、勝利したようだ。

◆

「おそらく、この下に……いますね」

カナトを倒した部屋には、さらに下に続く階段があった。そしてその階段から漏れ出る、冷たい空気。この奥に邪神がいることを予期させるには、十分すぎる要素だ。

「このまま降りてもいいですが、念のために戦力の強化を図っておきましょうか」

「そうだね、配合の時間だね」

俺は3匹に配合を施す。素材は前回と同じ魔物だ。

「フドラァ!!」

「オガァ!!」

「テ・ケリリ!!」

配合が成功した3匹の容姿は、変化が極めて少ない。だがしかし、配合終了後に3匹の体が光り輝いた。

「おぉ、もう進化か」

随分と速いな。

この迷宮内で相当レベルは上がったが、それにしても早すぎる。まぁ、何はともあれ。強くなれるのだから、これ以上に嬉しいこともないか。そして光が晴れると——大きく成長した3匹がいた。

「ララはさらに大きくなったな」

「ラドラァ!!」

ファフニールだった頃の体を、そのままさらに巨大化させたような姿のララ。大きさはおよそ、20メートルといったところだろうか。また、全身を覆う鋼の鱗が、白銀のソレへと変化している。より堅牢に、より強固に、順当に進化してくれた。

「リリは……また頭が増えたのか」

「ケガァ!!」

リリは頭がもうひとつ増えた。計3つに頭がなった以外は、ほとんど変化が窺《うかが》えない。ある意味、順当な進化といえるだろう。

「ルルは……デカくなったな」

「ピキー!!」

ルルは単純に大きくなった。これまでは50センチほどだったのが、今では7メートルほどに。それ以外は漆黒のスライムといった容姿で、大きくなった以外の変化はない。

【名　前】：ララ
【年　齢】：1
【種　族】：ラール
【レベル】：測定不能

【生命力】：測定不能
【魔　力】：測定不能
【攻撃力】：測定不能
【防御力】：測定不能
【敏捷力】：測定不能
【汎用スキル】：測定不能
【特殊スキル】：測定不能
【固有スキル】：測定不能
【魔法スキル】：測定不能
【職業スキル】：測定不能

【名　前】：リリ
【年　齢】：1
【種　族】：ケルベロス
【レベル】：測定不能
【生命力】：測定不能

【魔　力】：測定不能
【攻撃力】：測定不能
【防御力】：測定不能
【敏捷力】：測定不能
【汎用スキル】：測定不能
【特殊スキル】：測定不能
【固有スキル】：測定不能
【魔法スキル】：測定不能
【職業スキル】：測定不能

【名　前】：ルル
【年　齢】：1
【種　族】：ウボ＝サスラ
【レベル】：測定不能
【生命力】：測定不能
【魔　力】：測定不能

【攻撃力】：測定不能
【防御力】：測定不能
【敏捷力】：測定不能
【汎用スキル】：測定不能
【特殊スキル】：測定不能
【固有スキル】：測定不能
【魔法スキル】：測定不能
【職業スキル】：測定不能

「おぉ、ついにこの領域に達したか……!!」

3匹とも、俺と同じくステータスの表示ができない。〝測定不能〟と表記され、それ以上の情報を見ることができなくなった。これは俺やシセルさんと同じく、一定以上の強さに達したことを表す現象だ。

「強そうだね!!」

「これなら……邪神でも楽勝ですね!!」

「あぁ。邪神だろうがなんだろうが、今なら負ける気がしないな」

そう意気込み、俺たちは深淵《しんえん》へと降下した。

◆

その後、シセルさんとレイナと共に奥へと向かった。

「ここは……」

「礼拝堂……みたいだね」

「あそこに誰かいますよ」

礼拝堂らしき部屋の奥には、ひとりの少女がいた。少女は修道女のような格好をしており、容姿だけならば15歳程度とかなり若く見える。

「よく来たな、偉大な勇者たちよ」

少女は高らかに叫ぶ。健気な容姿とは違い、尊大な印象の声だ。

「勇者……？　何のことだ？」

「偉大なる邪神様の復活を止めようと、この場に訪れたのだろう。そんな貴様らの無謀な勇気に敬意を表し、我は貴様らを『勇者』と呼ぼう!!」

「そんな話はどうでもいいよ。邪神はどこにいるの？」

珍しくシセルさんが怒っている。

かつて討伐《とうばつ》した邪神が復活させられたのだから、ムカついているのだろう。まるで自分の行いが、無駄になったように感じて腹が立つのだろう。

「ふはは!!　人類最強の娘よ、貴様だけは許さない!!　偉大なる邪神様を殺害した貴様だけは!!」

「質問に答えてよ。邪神はどこにいるの？」

「ふはは!!　教えるわけがないだろう!!」

「そう、じゃあもういいよ」

瞬間、シセルさんは消えた。否、目にも留まらない速さで女のもとへ駆けたのだ。

そしてシセルさんは剣を振るって――

「じゃあね」

女を両断した。右半身と左半身、ふたつに分かれる女の体。血は漏れ出し、臓物は零《こぼ》れ落ちる。だが――

「ふはは!!　さすがだな!!」

女は生きていた。ウネウネと体内から触手が蠢き、切断された体を再生させていく。溢れた血は触手が啜り、零れた臓物は触手が収め直す。

「邪神の呪いだね」

「ご名答!!　だが、加護と言ってもらいたいな!!」

司祭は邪神の力を扱えるというわけか、その影響により、驚異的な再生能力を誇っているのだな。

「お前の目的はなんだ？　何故にシセルさんが倒した邪神を、再び蘇《よみが》えらせようとしている？」

「逆に問うが、貴様はこの世界が憎くはないのか？」

「……あぁ」

なるほど、彼女の目的がわかった。つまり——

「貴族連中による悪政。虐げられる貧民。立場が下位の者に生まれてしまえば、這《は》い上がることは困難な階級社会。その全てが醜いとは、思わないか？」

「まぁ、言いたいことはわかるが」

「我はそれが許せない!!　ソレは間違っている!!　故に邪神様の手を借り、世界を一度リセットするのだ!!」

「つまり、僻《ひが》んでいるんだろ？　邪神によって世直しをしたいと言いながら、上級階級の連中が憎いだけなのだろう？」

「だ、黙れ!!　知った口を聞くな!!」

どうやら図星のようだな。顔を真っ赤にして、反論することは肯定と捉えられるんだぞ。

「偉大なる計画が理解できないとは、哀れな連中だな」

「一番哀れなのはお前だろう。破滅願望を持っているんだったら、お前ひとりだけが消えればいいんだ。世界を巻き込むな」

「黙れ黙れ黙れ!!」

「それに邪神を復活させても、すぐに俺やシセルさんに討伐されるぞ？」

「ふははは!!　対策をしていないとでも？　今回復活する邪神様は、以前までの数倍以上の力を持つ!!」

「へぇ、意味なさそうだけどな」

俺が敵わなくとも、シセルさんがいる。数十倍強くなったところで、シセルさんの敵ではないだろう。

「ふはは!!　貴様らとの問答も終わりだ。時は満ちた!!」

女は手にナイフを取り、自身の首元にあてがった。

「それでは貴様ら――悪夢を堪能するが良い」

女は喉元にナイフを刺し、そのまま倒れた。刹那《せつな》、女の足元に巨大な魔法陣が形成された。女の死体は魔法陣に吸収され、その代わりに出てきたのは――

【――】

形容するならば、巨大なムシ。甲虫のような堅牢な外殻に覆われたモノではなく、むしろ芋虫のようにグニグニとした気持ち悪い肌が露出している。

カブトムシの幼虫を、5メートルほどまで巨大化させたモノ。それが邪神の正体だった。

◆

いかに邪神といえども、俺の相手ではない。

ステータスを越えた3匹と、この俺。宇宙《ソラ》から飛来してきたという邪神であっても、俺たちには到底及ばないのだ。

「ララ、【ドラゴンブレス】」

「ラドラァ!!」

紅蓮の業火が邪神を襲う。堅牢な外殻を持たない邪神には、あまりにもダメージが響いてしまうようだ。鳴き声を上げることもなく、邪神は必死に耐えている。その柔肌を融《と》かされながら。

「リリ、【紫電一閃《しでんいっせん》】」

「ケガァ!!」

強力無比な体当たりと、噛みつきが邪神を襲う。リリが衝突した衝撃によって、邪神の体は大きく凹む。さらに噛みつき攻撃によって、邪神の柔肌が3つの首に齧りつかれ千切られる。邪神は悲鳴も上げず、ただ耐えている。青色の血を流しながら。

「ルル、【潰エタ希望】」

「ピキー!!」

漆黒の光線が邪神を襲う。人類の業《ごう》よりも深く、そして暗い光線によって邪神の体は半分が焼失した。邪神は悲鳴も上げず、耐えている。体の半分を失った、今でさえも。

【――――】

「なんだ、何も言わないのかよ。悲鳴も上げず、ただ攻撃を耐えるなんて……なんでお前は蘇ったんだ?」

【――――】

「まぁ、聞くだけ無駄か」

ハッキリ言って、期待ハズレだ。俺がこれまで相対したどんな魔物よりも、どんな敵よりも、圧倒的な実力を持つと予想していた。だが蓋を開ければ、反撃をしてこない、ただの肉壁だったのだ。

コイツは何故、何のために蘇ったのだ？　もう一度生きることができるのだから、最期まで足掻けばいいのに。そんなことを考えてしまい、無抵抗のコイツに呆れてしまう。

「まぁいい。とりあえず、殺して――」

【――――!!】

瞬間、邪神が動いた。口から大量の粘液を放ってきたのだ。

「おぉ、危ない危ない。なんだ、反撃できるじゃない――」

【――――!!】

次に邪神は体当たりをしてきた。その巨体故に避けることはできず、直撃してしまう。

「ぐッ……。あまりダメージはないな」

【――――!!】

吹き飛ぶ俺に目がけて、今度はボディプレス。何百トンにも及ぶ質量が、俺に覆いかぶさる。

「とはいっても、普通に耐えられるのだけどな」

邪神を持ち上げて、投げ飛ばした。地面にズサッと、転がる邪神。気持ち悪い。

「なんだ、いきなり攻撃をしてきて。怒ったのか？」

【――――】

今度は邪神の正面に、巨大な魔法陣が現れた。幾何学《きかがく》模様のソレは、この星の技術のモノではない。見たことのない、不思議な魔法陣をしていた。

「ダメージが通らないから、大技にかけることにしたのか？　いいだろう、勝負するか」

指を鳴らし、3匹に命令を下す。

「ララは【ドラゴンブレス】、リリは【サンダーブレス】、ルルは【潰エタ希望】だ」

「ラドラァ!!」

「ケガァ!!」

「ピキー!!」

ララの口元に、灼熱が溜まる。

リリの口元に、雷撃が溜まる。

ルルの体に、漆黒が溜まる。

そして――

「一斉放射、だ」

【――――!!】

お互いに攻撃が放たれた。邪神の攻撃は、純白の光線。対し、俺たちは3属性の攻撃。

お互いの攻撃が衝突する。拮抗《きっこう》する……と思われたが、そうではなかった。邪神の攻撃を貫き、俺たちの攻撃は――

【――――】

邪神に命中した。

3つの属性が邪神の体を破壊する。焔が体を焼き、雷撃が分解し、闇が侵食する。いかにタフな邪神であっても、それに耐えられるモノではないようだ。

【――――】

邪神の体は徐々に消えてゆく。

下半身方向へ徐々に、粒子へと化していく。

【――――】

短い間、極めて一瞬。邪神は――その命を終えた。完全に粒子と化し、今度こそ――息絶えたのだ。

「勝ったな……」

振り返り、ふたりにピースをする。ついに、邪神に打ち勝ったのだ。シセルさんと同じ偉業を……

成し遂げたのだ。

◆

邪神を討伐してから、早1か月が経過した。

「平和ですね」

「平和なのは元からだよ」

「一般の方は邪神の存在なんて、知らないですからね」

それもそうか。

邪神教の連中は暗躍《あんやく》していたが故に、一般人にその存在は認知されていない。故に、この平和は

元々のもので、邪神の討伐云々《うんぬん》は関係ないのだな。

「でもわたしたちが邪神を倒さなければ、復活した邪神に多くの人々が殺されたかもしれませんね」

「そういう意味では被害を最小限にして、世界を救ったと言えるのかもしれないね」

「そう……ですね」

結果がどうであれ、俺たちは確実に世界を救ったのだ。邪神の脅威《きょうい》から、この星を守ったのである。

「でも、あんな邪神が宇宙にはまだまだいるんですよね？　俺たちの手にも余るレベルの邪神が飛来してきたら、今度こそ世界の滅亡につながるかもしれませんね……」

「大丈夫だよ」

「え？」

「私とアルガくんがいれば、きっとどんな敵でも返り討ちにできるよ」

「そう……ですか？」

そう言ってくれることは嬉しいが、本当にそうだろうか。あのクラスの敵なら大丈夫だろうが、今後飛来する邪神がさらに勝る敵だったら？　ふたりでも対処できないほど、強力な邪神だったら？

考えれば考えるほど、不安が募る。俺たちは……あまりにも非力だ。

「大丈夫ですよ、アルガ様」

「……本当にそう思うか？」

「あの邪神のレベルでさえも、アルガ様とシセルさんがいなければ、この星は滅んでいましたよ。だったらふたりでも対処できない邪神が飛来してきたら、それは人類の寿命だったというだけです」

「……それもそうか」

そう考えると、いささか肩の荷が下りる。寿命にはどんな手段を講じても、抗うことができない。それは人も星も、文明でさえも変わらない。

俺だけが無駄に悩む必要はないな。そうだ、俺でさえ敵わないようなヤツなど、最初から人類が敵う相手ではないのだ。

「これからどうする？　きっとアルガくんも私と同じ気持ちでしょ？」

「高みに辿り着いたが故に、全てがつまらないということですね？」

「うん。これから先、色んな相手と戦うと思うけど、そのどれもが弱くてつまらないと感じるハズだよ？」

「俺は……そうは思いませんけどね」

「え、そう？」

「ええ、だって——シセルさんがいるじゃないですか」

今ならば、シセルさんにも勝てる気がする。だからこそ、これは挑戦状だ。俺とシセルさん、どちらが強いかを決めるための。

「へぇ、おもしろいね……」

言葉の意図を理解したであろうシセルさんは、ニヤッと笑った。

第三章 × 最強のテイマー

今でも覚えている。数年前のあの日のことを。あの時感じた熱気、あの時感じた興奮、あの時感じた全てを。
観客たちの声援、罵倒《ばとう》、それら全てを。血湧き肉躍る戦いの全てを。俺は確かに覚えている。今でもなお、完璧に覚えている。

「問おう、アルガよ。貴殿《きでん》は——どうして戦う？」

凛とした口ぶりで、鈴を転がすような美しい声で、厳しくも疑問の含まれた声色で語るのは、ひとりの少女。彼女の名前はルクミ・ミルクティア。史上初にして史上最強のＳＳＳ級テイマーだ。
美しい銀色の髪に金色の瞳、そしてスレンダーで美しい体つき。身長１５０センチほどと比較的小さい身長に、比較的幼い顔立ち。特殊な性癖の人々にとっては、ヨダレが出るほどタイプの見た目をしている。俺は……彼女を見ても特に食指が動いたりはしないが。女性のタイプなんて別に言うほどないが、強いて言うならば年上のお姉さんタイプが好きだからな。特に胸と尻がドーンと突き出た、巨乳安産型のお姉さんが強いて言うならばタイプだ。故にロリタイプな彼女は別にタイプではないので、彼女の体を見て興奮したりはしない。

そんな彼女は、俺に刃《やいば》を向けていた。

切っ先は俺の喉元を刺しており、彼女が少しでも力を加えたならば、俺は確実に首を貫通されることだろう。ヒトに刃物を向けるなと、彼女は幼い頃に教わらなかったのだろうか。人にハサミを渡す時は刃側を持って渡すように、基本的に人に刃を向けることはこの世界では推奨されていないのだ。

もちろん、生殺与奪《せいさつよだつ》の権を握っているような、勝負の世界での決着では話は別だが。そして……自分の心を落ち着かせるためにこうやってオドケているが、今の俺は彼女に生殺与奪の権を握られている。

故に彼女は俺に刃物を向けても正当であるし、俺が刃物を人に向ける云々と考えるのはお門違いなのだ。俺が間違っているのだ。

「どうして……か。考えたこともなかったな」

「貴殿は強い、それは認めよう。だが……テイマーとして、非常に不十分だ」

「それは使役している魔物が弱いからか？」

「違う。貴殿は……単純に弱すぎる。もっと精進すれば、貴殿は今よりも遥かに強くなれるだろう」

「ははッ……それはお前よりも強くなれると、そう言ってくれているのか？」

「無論。我を超え、貴殿はいずれSSS級最強のテイマーに昇格するだろう」

「それは……嬉しいことを言ってくれるね」

これが煽りだとしても、俺は素直に受け取ることにしよう。バカにしたニュアンスで俺を褒めてくれているのだとしても、俺はその言葉を素直に受け止めることにしよう。SSS級のテイマーが下賤《げせん》な俺のようなテイマーに対して、自分を超えると言ってくれたことを素直に受け止めるとしよう。

彼女は澄んだ瞳で、俺を見据《みす》える。

その真意が俺には理解できない。俺と同い年の少女の思考が、まるで理解できない。何を考えているのか、はたまた何も考えていないのか。そのどちらかさえも、何ひとつとして理解できない。その瞳はどこまでも綺麗で澄んでおり、下賤な俺の心の内を全てのぞかれているかのような感じさえしてくる。それはひどく不愉快な感覚でありながら、矛盾するが心地よい感覚でもある。母親にエロ本を見られた時の気恥ずかしさと、同時に教会で懺悔《ざんげ》をしている時のような清々しさを兼ね備えている、と言えば他の人でも理解できるだろうか。彼女は教会関係の人物ではないし、確実に俺の母親ではないのだが……不思議なことに俺は彼女に対してそう感じている。ママ……なのだろうか。

「おいおい……アルガの野郎、結構善戦していたよな？」

「まぁ……結果はわかっていたけれどな。ＳＳＳ級のルクミ様に対して、低級テイマーのアルガ如きが勝てるハズが無かったんだよな。こんなことは予定調和、最初から決まっていたことなんだけれどな」

「……すごかったよな。アイツ、アルガとか言ったっけ……俺、推すわ」

「アタシも……素直にキュンだわ。ポケットから出しちゃうわ!!」

先ほどの俺たちの戦いを見て、観客たちは歓声を上げている。こんなことはテイマーとして送ってきた俺の人生の中でも、初めての経験だ。基本的にディスられるテイマーとしての人生史上、初めての経験なのだ。

驚き、そして喜び。ふたつの感情が交錯する。あぁ、期待されるって、推されるって、こういう感じなんだな。嬉しさもそうだが、同じくらい……気恥ずかしい。全員の視線が俺に集まり、全員が俺に集中している。そんな中で、注目を浴びたことのない俺は……恥ずかしさを覚えている。ただ……この気恥ずかしさは、決して不愉快なものではない。嬉しさが根本にあるので、なんというか……難しい表現はできないが、とにかく不愉快な気恥ずかしさではないのだ。

この戦いで、俺は善戦した。契約している魔物たちは瞬殺されてしまったが、想いを込めた徒手空拳《としゅくうけん》ではソコソコ上手く立ち回れた。彼女は魔物の使役こそ最強格だったが、白兵戦では素人同然。つまり俺と大差なかったのだ。ソコを付け狙った俺は、卑怯と糾弾されるかもしれないが白兵戦を持ちかけたのだ。そしてそのおかげもあって、なんとか善戦できたのである。

ただ結果的に、敗北を喫してしまったのだが。俺は彼女の苦手な白兵戦においても、無様に負けてしまったのだ。魔物対決でもステゴロの殴り合いでも、何もかもで俺は敗北した。……あぁ、情けないな。魔物の対決は彼女がSSS級だからこそ、敗北を喫してもまだ納得できる。ただ華奢な彼女にステゴロで敗北してしまったという事実が、ひどく羞恥心《しゅうちしん》を煽ってくる。俺も別段体を鍛えているわけではなく、男性の分類の中では弱小な分類だ。それでもなおロリ体型の華奢な少女に敗北したという事実は、俺の心をひどく落ち込ませた。

「この勝負、我の勝ちでいいな？」

地べたで大の字に寝転ぶ俺の喉元に、刃を突き付ける彼女はニヤッと笑ってそう告げた。あぁ、クソ。悔しい。剣士や魔法師、その他もろもろの多くの職業に同じセリフを言われても、おそらく悔しさや憤りは覚えないだろう。

だが彼女は、俺と同じくテイマーだ。そのことも相まって、俺は本当に……悔しさを覚えている。他の職業に敗れるのは構わないが、テイマーにだけは敗れたくなかった。涙は零れないが、気を抜けば溢れてしまいそうになる。

「……あぁ、今回は勝利を譲ろう」

「懸命な判断で助かる」

「だが……今度は必ず、お前に勝ってやる。何年、何十年かかろうとも、必ず勝利してやる」

十数年の人生、ここまで悔しさを覚えたのは初だ。飄々《ひょうひょう》と生きてきて、戦いを避ける傾向にあった俺にとって……まさかこんなセリフを吐く時が来るとは、とてもじゃないが思いもしなかった。自分自身でも、少し驚いている。

「……あぁ、待っているぞ。貴殿の才能、そして努力。それらを極限まで光らせて、今度こそ我に勝利してみろ。我を地面に叩き伏せて、完全なる勝利を演出してみろ」

「……待っていろよ。すぐ行く、走って追いつくからな」

「いつまでも挑戦を待ち続けるさ」

◆

そして歓声が闘技場を覆い尽くし、俺は——気を失った。

「……夢か」

目が覚めると、俺はベッドの上にいた。

そうか、あれは……懐かしき夢だったのか。俺の人生史上において、最も輝いていた時期の夢だったのか。今よりも新進気鋭《しんしんきえい》であり、今よりもずっとバチバチギラギラしていた頃の夢だったのか。

あぁ、懐かしく……同時に恥ずかしい。

あの頃は周りのことが見えておらず、何も知らない井の中の蛙《かわず》だったから……SSS級の彼女に対して、大それた見得を切れた。だが今となっては……あんなに恥ずかしいことは言えないだろう。自分のことが真の天才だと信じていた頃によく言った恥ずかしいセリフの数々、そして当時のような見得はとてもじゃないが放つことはできないだろう。いわゆる、黒歴史だってことだな。

「だが……心地よい夢だった」

黒歴史なことは認めるが、それであっても心地のよい夢だったことは確かだ。黒歴史というものは往々にして痛々しいものだが、翻《ひるがえ》って考えてみるとそれはつまり最も輝きに満ちていた時期という意味でもあるからな。最も尖っていて、最も俺が一番輝いていた時代だからな。思い返すと胸がムズムズと痒《かゆ》くなり、顔が真っ赤になってしまいそうになるが……同時に自然と朗らかになってしまうからな。

あの頃の俺は、輝きに満ちていた。何もかもができる万能感に支配されており、故にSSS級のテイマーである彼女との戦いに震えたのだ。彼女に勝てば俺はSSS級を超えた存在、SSSS級になれるかもしれないなどとバカなことを考えたものだ。SSSS級など存在しないのだが。痛々しい言動や恥ずかしい行いこそあれ、あの頃に戻りたいものだな。

「しかし……彼女はいったい、何をしているのだろうか。叶うことならばもう一度会って、そして……今度こそ勝利を収めたいものだ」

今の俺はSSS級以上の実力を誇る。故にかつては大敗を喫してしまった彼女とのリベンジマッチを行い、今度こそ勝利を収めたい。かつての俺は手も足も出ず、何もできなかったが今は違うからな。今度こそ、今度こそ……必ず勝利を収めてみせる。

とはいっても、今彼女が何をしているかという情報は、まるで出てこない。彼女はSSS級なので情報が出回りやすい。過激な行いをしているのであれば、パパラッチや過度なファンなどが今の彼女の生活を暴いてくれるだろうが、残念なことにここ数年は彼女の行いが世に出回ることはなく、『週刊SSS級集』というSSS級の冒険者についてまとめた雑誌をのぞいてもまるで彼女のことは記載されていない。誰もが彼女の現状を知らず、最近では彼女のことは人々の記憶から消され始めているのだ。今こうやって会いたいと、戦いたいと願っている俺でさえも、懐かしきあの夢を見るまでは彼女のことなどさっぱり忘れていたのだからな。あぁ、彼女はいったい……どこで何をしているのだろうか。

別に彼女に対して、恋慕《れんぼ》の情は抱いていない。だがしかし、彼女に俺は焦がれている。恋焦がれてはいないが、もう一度会いたいと強く願ってしまう。彼女の顔を一目見たいと、そう思ってしまう。

「彼女に会うためには……何をすればいいのだろうか。以前と同じように、闘技大会にでも出場してくれれば、会うことは容易《たやす》いのだけどな」

彼女はクールそうな見た目とは裏腹に、存外戦闘狂な性分だった。噂で聞いたことがあるが、湧き上がる血潮を抑えるためにドラゴンの住む火山へと単身で挑んだことがあるらしい。他にも空間魔法を利用して地獄へと向かったという噂や、ひとつの王国を興味本位で滅ぼしたという噂まである。もちろんほとんどが尾鰭《おひれ》の付いた根も葉もない噂だとは思うが、彼女が戦闘を好き好む性分だということは事実だ。

彼女はSSS級なので、カネには困っていない。しかし彼女は何故か、優勝賞金の出る闘技大会へと出場した。これは彼女が戦いを愛している、戦闘狂だということを示唆しているだろう。実際に彼女の戦いを何度か拝見させてもらったが、彼女は戦闘中に必ずと言っていいほど恍惚《こうこつ》とした笑みを浮かべていたからな。

故に闘技大会に出場すれば、彼女とまた出会えるかもしれない。だからといって、そんな都合よく闘技大会が開かれているとは限らないが。国主催の闘技大会は年に2度行われ、個人主催の闘技大会も年に数回行われているが、彼女を目撃したという声はここ数年出てこないのだ。そのため仮に都合よく闘技大会が開催されていたとしても、彼女に出会える可能性は限りなく低いのが現状ではある。

「ただ出場しなければ彼女に出会える可能性は、限りなくゼロだ。出場すれば可能性は1パーセントでも上がる」

可能性が少しでもあるのであれば、俺は懸けてみたい。ただ……そもそも闘技大会が直近で行われていなければ、何の意味もないのだが。

「そういえば、おもしろそうなチラシがあった気がするな。チラシを配っている者から受け取り、それをポケットに入れた気がするぞ」

壁にかかっているコートのポケットに、俺は手を突っ込んだ。すると1枚の紙の触感が、手に伝わってくる。路上で受け取ったものをポケットに収容する癖があって、今回は助かったな。いつもだったら路上で配られたチラシなどをポケットに入れて、そのまま数か月もの間放置して……数か月ぶりにポケットをひっくり返したら、クシャクシャになったチラシやティッシュなどが入っていて後悔してしまうからな。今回ばかりはそんな悪癖が、役に立ったな。

「これだな」

それは『第369回闘技大会開催決定!!』と大きく書かれたチラシだ。開催日は明日、当日受付も可と書かれている。定員は300名まで。

チラシに描かれているのは、ムキムキのマッチョマンふたりが肩を組んでいるイラストだ。ファンシーなタッチのイラストで描かれているのではなく、劇画タッチのイラストで描かれているので圧が強い。子どもが見たら泣くぞ。

だがこのイラストのおかげで、今大会が遊び要素の強い大会ではないということが示唆されている。遊び要素の強い闘技大会の場合は、劇画チックなイラストは使わずにお花や蝶々を飛ばしているようなファンシーなイラストを用意するからな。故に今回の大会はガチだ。

「この大会に彼女が出るなんて保証もないが、もしも彼女がこの辺りに住んでいたら……出場する可能性が少しはある。もちろん、彼女がこの辺りに住んでいるという保証さえも、ないんだけどな」

可能性は低い。だが、ゼロではない。

だとすれば、俺は出場するべきだ。

彼女ともう一度会えるという可能性が、ほんの僅かにでもあるのだから。彼女ともう一度戦って、今度こそ勝利を収められる可能性があるのだから。明日は何の予定もないのだから、俺はこの大会に出場するべきなのだ。

チラシによると、当日受付の場合は本人を証明できるものと、印鑑が必要らしい。今回は個人主催の民間大会ではなく国主催の大会なので、徹底的にガチガチにしている様子だ。住所不定や国籍不定の者は、今回は参加できない様子だな。

「とりあえず、明日は朝イチに大会の開催地へと向かおう。徹夜で開催地の前に座り込んで、受付が開始されたらすぐに駆け込むなんて……そんな迷惑行為は嫌だからな」

徹夜組を俺は嫌悪する。ルールでは徹夜は禁止されているのに、それを破って運営に迷惑をかける連中を。徹夜で入口付近にたむろして、周辺住民に迷惑をかける連中を。自分たちだけが喜び、他の参加者の首を絞める連中のことを。自己中心的なクズ連中、徹夜組のことを俺は嫌悪しているのだ。そんなクズ連中に、自らを堕としたくないのだ。あくまでも健全に参加したいのだ。

そして、俺はベッドに潜った。

受付開始時刻は朝7時から。現在時刻は深夜2時なので、まだ少しだけだが眠ることができる。今は明日のためにも、英気を養っておこう。

◆◇◆◇◆◇◆

「と、いうワケで闘技場へとやってきたわけだ‼」

「……誰に話しているんですか？　それに何が、『と、いうワケ』なんですか？」

「ま、まぁ……色々とあるんだよ」

レイナはジトッとした視線を送ってくるが、闘技場へとやってきた理由を丁寧に説明すれば……絶対にギャーギャーとうるさいこととなるだろう。ＳＳＳ級のテイマーであるルクミに会いたいから、などと正直に言えばネチネチと批判されることは目に見えている。だからこそ、俺は説明していない。本日の朝に「いやぁ、闘技大会行きたいなぁ〜？」などと呟いて、ふたりの了承を得る前にこうやって赴《おもむ》いたのだ。それ故にふたりは若干不服そうな表情を浮かべているが、まぁ……付いてきてくれたからものすごく億劫《おっくう》で嫌というワケではないのだろう。……今度、少しだけならハグを許可してやるか。彼女にハグを許可すれば、大体のことは許してくれるからな。今の機嫌だって、直してくれるだろう。

なんだかんだ、ふたりは優しい。眠い眠いと目を擦りながらも、こうやって付いてきてくれた。ロクに説明をしていないというのに、ジト目というプレゼントこそ贈ってくれるが不服そうにしてはいるが、それでも付いてきてくれる。普通の関係性の仲間たちでは、絶対に付いてきてくれないだろう。少なくともカナトたちだったら、確実に付いてきてくれないだろうな。いやぁ、改めて思うが……最高の仲間を手に入れたな。

「でも、アルガくんが参加したところで、絶対におもしろくないと思うよ？　アルガくんはＳＳＳ級以上の実力を既に有しているんだから、周りのザコの参加者を倒しても……何にもおもしろくないよ？」

「ま、まぁ……たまには無双感を味わいたいんですよ!!　ダンジョンで魔物相手に無双するのもいいですけれど、たまには人間を相手に無双したいんですよ!!」

「……ふ〜ん」

ジトッとした視線を送ってくる、シセルさん。そりゃあ納得はしないだろうな。いきなり朝っぱらから呼び出されて、来たこともない闘技大会へ参加の表明をされたんだから。理解できないしジト目になる気持ちも、正直よくわかる。逆の立場だったら、付いていきはするが……俺も同じくジト目を向けることだろう。彼女のジト目は正当であり、正しい行いだ。

……今度、彼女の好物である、チーズケーキをプレゼントするか。シセルさんは意外と甘党であり、特にチーズケーキが好物なのだ。どれだけ不機嫌になったとしても、チーズケーキをプレゼントすれば大体は機嫌を直してくれる。実際に以前ケンカをした際も、チーズケーキをプレゼントして円満になった。今回もチーズケーキを渡せば、きっとハッピースマイルになってくれるハズだ。

「さて、受付は……あそこか？」

俺の視線の先に、何人かの女性が椅子に座っている。おそらく、あそこが闘技場の受付だろう。

そして俺たちは、受付へと向かった。

「あの、闘技大会に出場したいです」

「こんにちは、えぇ、こちらで承ります。それではこちらの用紙に、記入していただいてもよろしいですか？」

受付嬢が渡してきたのは、1枚の紙。

名前や職業、そして戦闘スタイルを記入すれば良いらしい。逆に魔力量やランクなどは記入する必要がないらしく、SSS級の俺からすれば嬉しいことだ。ここでSSS級だとバレてしまえば、絶対にめんどくさいことになるからな。

必要事項を記入して、受付嬢に渡す。

「ご記入ありがとうございます。当大会のルールはご存知ですか？」

「いえ、知りません」

「かしこまりました。それでは説明させていただきます」

・当大会は一対一で戦うタイマンルール

・武器の使用を含め、なんでもあり

・制限時間はない。場外もない

・相手が降参するか、戦闘不能になるまで戦う

と、受付嬢は語った。

「つまりルールとは名ばかりで、実質的になんでもありの無法試合ということですね？」

「えぇ、そうですね!!」

ニカッと笑う受付嬢。

……眩《まぶ》しい笑みだが、その笑みが恐ろしい。

「こ、怖いですね……」

「そうかな？　私は……滾《たぎ》ってきたよ!!　私も出場しようかな？」

「やめてください。優勝者が確定してしまいます」

恐ろしいルールだというのに、ニコニコと笑うシセルさん。彼女が出場してしまえば、間違いなく優勝者はシセルさんに決まってしまう。どんな敵も一撃で倒されてしまい、ハラハラドキドキの皆無な凄まじくツマラない大会になってしまうだろう。

それに彼女が出場すれば、ルクミと戦える確率が低くなってしまう。俺かルクミがシセルさんとマッチした時点で、確実に敗北が決まってしまうからだ。ルクミと戦うためにエントリーしたというのに、彼女と戦うことなく終わってしまう可能性は……少しでも潰しておきたい。

「……わかりました、出場します」

「エントリーありがとうございます!!」

ルール無法の内容は少しばかり怖いものではある。目潰しや金的、その他諸々何をやっても反則にならないルールなんて、初めての経験だからな。

だからといって、怖気付くほどではない。

俺も強くなったのだ。相手が人間であれば、必ず勝ってみせる。邪神をも討伐できた俺なのだから、出場するのはほとんどの場合は人間なのだが。

恐れることなど何もない。蛇でも鬼でも、なんでもかかってこい!! スカウトしてやる!! ……いや、

「おいおい、こんな優男《やさおとこ》が出場するのかよ!!」

「ギャハハハ!! 今回の大会は楽勝だな!!」

「オイドンたちにペシャンコにされるために来たようなものだから、少しかわいそうでゴワスな!!」

控え室に向かおうと受付から離れようとした時、背後から嘲笑《ちょうしょう》の声が聞こえてきた。俺が嫌いな鬱陶しい、人をバカにしたような頭の悪い笑い声が聞こえてきたのだ。はぁ……なんとなく声の主がどんな連中かは理解できるが、振り向くのは億劫だ。こんな連中のことを確認するために首の筋肉を駆動して、僅かではあるがエネルギーを消費して背後を振り向くという行為が無駄の極みだと思えてしまう。だがしかし、振り向かないわけにもいかない。

「タッパはデケェけど、体は細身だな!! 筋肉が足りねェよ!!」

「ギャハハハ!! 細い優男が出場して、何になるんだよ!!」

「オイドンがブッ殺してやるでゴワスよ!!」

背後にいたのは、不良3人衆。ひとりは中肉中背の180センチほどの男。ひとりは細身の170センチほどの男。ひとりは巨漢で290センチほどの大男。全員が武器を携帯しており、全員が世紀末感漂うモヒカンの髪型をしている。……イマドキ、そんなテンプレ不良は見かけないんだけどな。

「……何か用か?」

ため息を交えてそう告げると、彼らはまたしても下品に笑いだした。鬱陶しいし、メンドクサイ。早く去ってくれないだろうか。

「用か？　だってよ!!」

「ギャハハハ!!　おもしれェな!!」

「用があるから笑ってンのに、バカでゴワスな!!」

「……バカを晒しているのは、どっちだよ」

こんなバカな笑いをして、バカを晒しているのはどう考えてもコイツらだろう。自分を客観視できないヤツは誰がどう見ても、バカ丸出しだろう。まぁバカだからこそ、自分を客観視できないから……コイツらは一生バカのままなのだろうが。

それにしても、コイツらは俺に何の用があるのだろうか。俺はこんなバカそうな連中との絡みなど、まるでない。自分のことを頭がいいというつもりはサラサラないが、こんな一目見てわかるレベルの地雷バカ不良連中と絡むほどバカであるというつもりもない。

「お前、こんな美人を侍《はべ》らせて……調子に乗るなよ!!」

「美人たちに良いところを見せるために、お遊び気分で闘技大会にエントリーしたんだろ？　このクズが!!」

「お前みたいな男が、オイドンたちは大嫌いでゴワス!!　殺してやるでゴワス!!」

……コイツら、何を言っているんだ？　シセルさんたちは確かに美人ではあるが、別に侍らせているわけではないし……良いところを見せつけるために出場したわけでもない。それらは全て、コイツらの勝手な憶測に過ぎない。偏見に過ぎないのだ。

……なるほど、話が見えた。

なんやかんやとゴチャゴチャと何かを言ってくるが、要は嫉妬なのだろうな。シセルさんたちという美人ふたりと共にいる俺に対して嫉妬をして、コイツらは絡んできたのだろう。こういった頭の悪い不良の多くは大きな声を出して他人に迷惑をかければモテると、謎の勘違いを起こしているからな。なんというか……それが理解できた途端に、ひどく可哀そうに見えてきた。そうか、モテないのに他人に迷惑をかけて、モテたがっているのか。

「……3人とも、残念だったな。どれだけ騒いだとしても、お前たちはモテないぞ？」

「は？　何を言ってやがる!!」

「ギャハハ!!　ビビりすぎて、頭が悪くなったのかよ!!」

「哀れな優男でゴワスね!!」

哀れなのはお前たちの方だ。これから出場したとしても、コイツらは優勝なんて絶対にできない。コイツらはどうせ、優勝すればモテると思って出場したのだろうが……残念ながら、俺がいる限りコイツらは優勝なんて確実に不可能なのだ。

そもそもコイツらは……どう見積もっても、等級がB級程度だろう。決して低くはないが、別段高くもない。そんな等級にいるハズだ。少なくともA級以上の格ではないし、だからといってE級などの低級よりは強そうに窺える。要は中途半端で一番面白みに欠ける、なんともパッとしない等級にいるハズなのだ。コイツらの筋力量、そして魔力量からもそれは簡単に察せられる。別段強くはないが、だからと言って弱くないという雰囲気をビンビンと醸し出しており、察せてしまう。

「……3人とも、エントリーするんだよな？」

「あぁ、テメェを殺してやるよ‼」

「おいおい、コイツを殺すのは俺だぜ？」

「オイドンが殺すんでゴワスよ‼」

そもそもの話、初対面の相手を殺すとか……モラルが欠如しすぎているだろ。いきなり話しかけてきて、嫉妬から殺意を芽生えるとか……怖っ。戦いになったら容赦はしないが、プライベートでは絶対に関わりを持ちたくないタイプの人間だ。ほら、シセルさんもレイナもどちらもドン引きしているし、そんなに粋がっても絶対にモテないぞ。

「……じゃあ、また後で会おう」

背後からギャーギャーと声が聞こえたが、俺はそれを無視して控え室へと向かった。はぁ……やかましい連中だな。

◆

シセルさんとレイナと別れ、俺は控え室へと向かった。控え室内には屈強な男たちが大勢いて、むさ苦しい空気が漂っていた。身長3メートルを超える大男やゴリラよりもマッスルボディな男、刀を振り回すサムライや手裏剣を投げる忍者など様々な強者がいる。彼らは奥でダンベルを振るったり、スクワットをしたりとハードなストレッチをこなしている。これからさらにハードな戦いが繰り広げられるのだから、今のうちに筋肉を暖かくしておく必要があるのだ。

ただ……S級以上の実力者は、たったの数人しかいない様子だ。筋肉が凄まじいマッスルマンも、内に秘めた魔力は乏しい。サムライや忍者も技術こそ素晴らしいものの、内に秘めた魔力はやはり少ない。B級以上A級未満の実力者が多くおり、なんというか……真の実力者が極めて少ない印象だ。

これでは……楽しめなさそうだな。

男女比はおよそ9対1だ。もちろんだが、多い方が男性だ。彼らの多くは冒険者であり、そして冒険者という職業はその職業柄野蛮で危険な仕事がとても多い。シセルさんを筆頭とした強い女性冒険者のおかげもあってか、冒険者になる女性も今の時代は昔に比べると多くはなったが、それでも親御さんからの理解が得られずに渋々冒険者になることを諦める女性たちの方がやはり圧倒的に多いのだ。

とまぁそんな事情もあって、この場にいる女性の出場者は非常に少ない。一部の出会いを求めて参加したと思われる軟派な出場者はあからさまにガッカリしており、そんなガッカリとした出場者に対してカツを入れる硬派な出場者の怒号が響き渡っている。そしてそんな怒号もあるせいか控え室の中はピリピリとした空気が走っており、まさしく一触即発《いっしょくそくはつ》といった雰囲気だ。

「それに……彼女もいないな」

辺りを見渡しても、史上初にして史上最強のSSS級テイマーであるルクミ・ミルクティアは見当たらない。彼女に会うために本大会に出場したというのに、肝心の彼女の姿はどこにも見当たらなかった。まぁ……彼女が出場する保証などないので、当然といえば当然なのだが。

しかし……そうなると大会に出場した理由がなくなったな。適当に遊ぼうとも思ったが、俺を満足させてくれるような実力者はどこに見当たらない。シセルさんほどとまでは言わないにしても、せめて……邪神クラスの勇者はいてほしい。その程度の実力者がいなくてはつまらないし、何よりも……無双の限りを尽くしてしまって面白みにかける。

「おい、アイツって……アルガか？」

「アルガって……シセルさんのパーティメンバーだよな……？」

「確か……最近SSS級に昇格したって聞いたぞ……？」

「そんな実力者が……何の用だよ。カネなら腐るほどあるだろうし、さっさと消えてくれよな……」

どうやら俺はこの場にいる全員から、快《こころよ》く思われていないらしい。俺はSSS級なので、カネも潤沢にあるし何より実力が皆よりも突出している。故にこんな大会に出場してしまえば優勝をかっさらわれることは目に見えており、何よりもカネがあるから大会に出場する理由がないと思われているのだろう。大会に出場する理由が、もう一度会いたい人がいるからと説明しても彼らは理解してくれないだろうし、仮に理解できたとしても「そんな理由で出場するな!!」と顰蹙《ひんしゅく》を買うだけだろう。

彼らから畏怖と憎しみの感情をぶつけられて改めて実感するが……俺はSSS級になれたのだな。これまでもSSS級と謳《うた》われることはあったが、それらは全てがギルド内でのことだった。冒険者たちに称えられることばかりで一般人からは特に何も言われることがなかったので、こうやって外部で称えられるという経験は初めてなのだ。ただ彼らも闘技大会に出場するような身なので、俺がSSS級だということは知っていて当然だとも思うが。何はともあれ、外部で言われるのは初めてなので少し……嬉しいな。

「知っている人は……誰もいないな」

辺りを見渡しても、知人はひとりもいない。

そもそも俺は友達がいないので、それは当然なのだが。……自分で言っていて、少し悲しくなってくるな。自分がボッチであるということを、嫌でも自覚してしまう。

ハァ……悲しい。カナトたちとパーティを組んでいたときに色々な他のパーティと交流があったが、引っ込み思案でコミュ障気味な俺は積極的に他のパーティと交流をしようとはしなかった。様々なパーティと触れ合っても、「あっ、すぅ……」と息を漏らすような謎の挨拶をしてその場からコソコソと離れることばかりだったので、俺自体はほとんど他のパーティとの関係が薄いのだ。

……こういう時に少しだけ、後悔してしまう。あの時にもう少しだけ勇気を振り絞り、ほんの少しでも他人と交流があれば少なくともこうやって現状ボッチになることは避けられたかもしれない。ただあの時の俺は今以上にコミュ障であり、どんな言葉を発するにしても「あっ……」と必ず言葉の前に付けていた男なので……それを願っても決して叶わない「ＩＦ」なのだが。俺は確かにＳＳＳ級になって格段に強くなったが、それでも孤独に対する耐性は人並みなので……やはりボッチは嫌なのだ。

「皆様、集まりましたね!!」

とそんな時、女性の声が天井から聞こえてきた。なるほど、天井に備え付けられたマイクから発声されているんだな。そのことに気付けない出場者の一部が、慌てているが……説明してあげる義理もないので無視をしよう。

「これより皆様には、一次選考を行っていただきます!!」

そうすると待合室の奥の方がライトでパァッと照らされ、とても広い空間が見えるようになった。

〝空間〟などと仰々《ぎょうぎょう》しく形容したが、実際は土をならしただけの簡易的な体育館のような空間が広がっているだけだ。その空間には等間隔に男性が立っており、全員が赤色の旗と白色の旗を持っているように見えた。彼らは誰の目から見ても、審判であることは明白だった。

……失礼、訂正しよう。一部の冒険者たちは等間隔に並んだ男たちのことを審判と認識しておらず、倒すべき敵だと認識している様子だ。武器を持ち今にも飛びかからんとして、周りの冒険者たちに止められている。冒険者は職業柄野蛮な者たちが多いことは知っていたが、まさか審判と敵の違いもわからないようなバカが存在しただなんてな。

「皆様にはこれより、一対一で戦ってもらいます!!」

なるほど、話は見えた。この場にいる者は目測で300人程度。つまり彼らを篩《ふるい》にかけるために、こうやって簡易的な試合場で戦ってもらうのだろう。もちろん、俺もそのひとりに入っている。

300人の試合を行ってしまえば日が暮れてしまうので、わざわざこんな風に篩にかけるためにも試合を行っているのだろう。

察するにこの一次選考とやらで勝てなければ、ちゃんとした試合場で戦わせてもらえないのだろう。こんな闘技大会に出場したいと考えている連中は、その多くが承認欲求の塊だ。大きな闘技場に出場して民衆の視線を集めて、とにもかくにも目立ちたいと考えている者がほとんどなのだ。故にこんな誰にも見られない場所で敗北するなんて死んでも嫌だと、絶対にここで勝利して目立ってやると考えている者がほとんどなのだ。そういった連中の心理を突き、鼓舞するためにこんな誰の目にも留まらない場所で戦わせようと運営は考えたのだろう。ちなみに俺は承認欲求を満たすために訪れたわけではなく、SSS級の彼女に出会うためにやってきたのだが。故にここで敗北しても別に構わないと言うのが、本音なのだが……。

「俺自身はワザと敗れても構わないという考えだが、それをすれば……他のSSS級にも迷惑をこうむってしまうよな」

俺がワザと敗れてしまえば、俺に勝利した者は必ず増長するだろう。そして勝利したと周りに吹聴して、尾鰭を付けてよりダイナミックな勝利をしたと騙るだろう。そしてその話を聞いた者たちは案外SSS級とは弱い存在であり、俺たちでもワンチャンあるかもしれないなどと勘違いをするだろう。そして実際にSSS級にケンカを挑む者が多く現れる、そんな可能性が十分に考えられる。

そうなれば確実に、俺は他のSSS級から糾弾される。お前のせいでSSS級が弱いと勘違いされた、と。お前のせいで毎日のようにザコがケンカを挑んできて、マジで鬱陶しい、と。そんなことを言われてしまい、他のSSS級の人の迷惑になってしまう。だからこそ、俺はこの戦いで敗れるわけにはいかない。俺自身は別にどうだっていいのだが、他のSSS級に迷惑がかかってしまうからな。

ただ……俺が敗れる可能性は万にひとつもありえないことなのだが。周りの連中を見てもレベルも程度も低い連中ばかりなので、こんな連中を相手にして敗れるなんてことは絶対にありえないのだが。別に粋がるつもりはないが邪神さえも打ち負かしたこの俺が、ただのB級やA級に敗れるなんてありえないのだ。

「ナイト選手とメアリー選手!! こちらへ!!」

「ヘッド選手とメット選手!! こちらへ!!」

「リュウ選手とジャンヌ選手!! こちらへ!!」

「キアラ選手とカンボ選手!! こちらへ!!」

審判が次々と選手を呼んでいく。審判は合計10人いるため、一気に10試合ずつが行えるのだな。ここには300人も選手がいるため、10試合ずつ行ったとしてもそこそこ時間はかかってしまいそうだが。

「アルガ選手とインヌ選手!! こちらへ!!」

そんなことを思っていると、俺の名前が呼ばれた。相手はインヌという名前らしいが、聞いたことのない名前の選手だな。まぁどんな人だろうと、容易く倒してみせるが。

そして俺は、審判の近くへと立つ。俺と対峙するのは――

「おぉ? テメェか!!」

対峙したのは、中肉中背の男。そう、先ほど受付で絡んできためんどくさい男だ。

「……お前か」

「テメェが相手になってくれて、ラッキーだぜ!! テメェみたいなザコを相手にできるなんて、確実に一次試験を突破できるようなもンじゃねェか!!」

「……お前、俺のことを知らないのか?」

周りの冒険者たちは俺のことをよく知っているのに、コイツはまるで俺のことを知らない様子に窺える。俺がＳＳＳ級だという事実をまるで理解できておらず、滑稽《こっけい》にも先ほどから煽ってきているからだ。

「テメェなんざ知るか!!　ザコのことにリソースを割くほど、俺は暇じゃねェんだよ!!」

「……本当に頭が悪いんだな」

俺のことを知らないのは、百歩譲ってまだ理解できる。だが……周りの反応に耳を傾けようとしないのは、さすがに擁護できないな。

「おい……あの中肉中背、かわいそうだな」

「相手がＳＳＳ級の怪物なんだもんな。……かわいそうに、一次試験で落ちるのは確定じゃねェかよ……」

「しかもあんだけ煽るなんて、バカ丸出しじゃねェかよ。よく言えば恐れ知らずだが、あれはそうじゃなく……マジもんのバカなんだろうな」

「バカで無知、救えねェな。死んで当然だな」

「でも……逆にちょっと気になるよな。あのバカがどんな風に倒されるのか、見ものだぜ」

周りの冒険者たちから、これでもかとバカにされ続ける中肉中背男。だがバカだからなのか、コイツはまるで聞く耳を持とうとしない。無謀にも俺を倒すことだけを考えているようで、ニヤニヤと笑っている。……気持ち悪い。シンプルに顔が悪いから、モテないんだろうな。

性格は悪く、顔も悪い。こんなヤツがモテるわけもなく、一生孤独に人生を送ることだろう。しかも頭も悪く、無知なんだからトコトン救えないな。……同情してしまう。

「……さっさと始めないか？」

「自分から死期を急ぐなんて、テメェは救えないバカだな!!　そんなに死に急ぐんだったら、ブッ殺してやんよ!!」

「……周りに目を向けられないなんて、バカはどっちだよ」

周りの冒険者たちはほぼ全員、頭を抱えている。コイツのバカさ加減に呆れて、モノも言えないのだろう。

「ふたりとも、構えて!!」

と審判が叫び、俺たちは相対する。この程度のザコを相手にするのだから、3匹は使用する必要もないだろう。俺ひとりで十分だ。

「ブッ殺してやるよ!!」

「……そのセリフ、そっくりそのまま返そう」

そして俺は――

「試合開始!!」

――蹂躙《じゅうりん》を始めた。

◆

【インヌ視点】

ようやく、この時がやってきた。

この胸糞悪い優男を殺すことのできる、チャンスが訪れたんだ!! やっとブッ殺せるんだ!!

「テメェ、テイマーなんだってなァ?」

「あぁ、そうだが?」

「その割には使役する魔物がいねェじゃねェか? 魔物にも嫌われるなんて、テイマー失格なんじゃねェか?」

「……勘違いするなよ」

「はァ?」

「お前みたいなザコ相手に、わざわざ魔物を召喚する必要もないだろ?」

「テメェ……ナメんじゃねェぞ!!」

ムカつく野郎だ。『龍剣の先駆者』という二つ名を持つこの俺に対して、そのクソナマイキな態度、万死に値する!! 優しくブッ殺すつもりだったが、そんな態度を取るんだったら……徹底的にブッ殺してやる!!

「テメェは絶対に許さねェ……ナメんじゃねェ!!」

そして俺は背中から、一振りの刀を抜いた。蒼《あお》く煌《きら》めく美しい刀身に、星をちりばめたような鍔《つば》。柄の部分には赤い布が巻かれていて、柄の端には短いチェーンが伸びている。

刀を取り出してから、クソ野郎の表情が少しだけ変わった。先ほどまでは舐め腐った態度だったのが、ほんの少しだけ眼を丸く見開いた。へッ、クソ野郎でもこの刀の素晴らしさは気付けたようだな。

「ほぉ、『星振刀』か。ザコの分際で、なかなか良い武器を持っているんだな」

「テメェみたいなイキリ野郎でも、この刀のことは知っているか。だったらテメェが今後どんな末路を辿るかも、想像が付くんじゃねェか？」

「あぁ、お前に圧勝してしまうな」

「……ブッ殺す!!」

コイツ、バカだな。『星振刀』はS級ダンジョン以上の上級ダンジョンでしかドロップしない、超レアアイテムなんだ。俺は引退した冒険者を脅してなんとか手に入れることに成功したが、本来はS級以上の冒険者にしか握ることの許されねェ武器なんだ。

当然だが、その性能も全武器の中でもピカイチだ。グリーンワイバーンの首だって断てるし、ジャイアントシュリンプの殻に傷をつけることだって簡単だ。こんなタッパのデカいだけの男の体なんて、一振りで両断できることは間違いないだろう。

「その『星振刀』、どこで手に入れた？　ショップに売られているのをたまたま手に入れたか、あるいは誰かから盗んだか？」

「テメェに教えてやる義理なんてねェんだよ!!」

「まぁ……それもそうか」

「死ねェエエエエエエエエエエエ」

そして俺は『星振刀』を握り締め、駆けだした。

このクソ野郎の首を断つために、首を狙って。

「《斬刃《ざんば》》!!」

「……」

「《ブレイク・トルネード》!!」

「……」

「《アルティメット・ソード》!!」

「……ハァ」

俺の必殺の斬撃三太刀《ざんげきさんたち》。

だが効果は……いまひとつのようだ。

俺の斬撃を首に食らっても、胴体に食らっても、腰に食らっても、この木偶《でく》の坊はまるで反応を示さない。まるで子どもが大人に攻撃をしているかのように、まるでアリが恐竜に挑むかのように、ダメージはまるで通っていない。

どうなっている。理解できない。

俺の斬撃は地元ではとても有名で、あのテクテルスザウルスをも一撃で屠ったんだぞ。地元の不動の大岩と呼ばれているデカい岩を両断することもできたし、俺の剣技は村一番の剣士であるケイさんに褒められたんだぞ!!

そんな自慢の攻撃の数々が、この木偶の坊には一切通じていない。どれだけ切りかかろうとも、どれだけスキルを使おうとも、どれだけ頑張ろうとも、この木偶の坊の体は傷つかない。……鋼でできているのかよ、コイツ!!

「おいおい……さすがだな」

「あの少年の剣技もなかなか上等だが、さすがは……だな」

「あの少年も運が悪かったな。来年に期待して棄権するのが、オススメだと思うけどな」

「だが……まさかとは思うが、あの少年は彼のことを知らないのか？　もしそうだとすれば、あの粋がった態度も納得できるが……」

周りの連中はゴチャゴチャうるせェ。

この木偶の坊が何者だろうが、別にそんなこたァどうだって構わねェんだよ。俺はただ女をふたりも侍らせているこのクソ野郎のことがムカつくし、ボコってやりたいだけなんだよ!!

グチャグチャにしてやる。ボコボコにしてやる。あの女たちを俺のものにして、コイツから何もかもを奪ってやる!!

「……で、もう終わりか？」

「ば、バカ野郎!!　まだまだこれからだ!!」

この野郎、舐めやがって!!

確かに体は相当硬いようだが、コイツも生きている生物だ。つまり攻撃をし続ければいつかは壊れるし、苦しみだす。かなり頑丈みたいだが、この世界で壊れない物質なんてあるわけがねェんだよ!!

ふぅっと息を整え、剣を構える。

今のままではダメだ。もっと鋭利《えいり》にもっと強靭に、もっと殺意を込めないとコイツには絶対に勝てない。今の俺を乗り越えてさらに強くならなくては、コイツに勝つことは難しい。

だがそれさえできれば、コイツなんて楽に勝てる。大丈夫、俺は最強で天才だ。こんな木偶の坊くらい容易く屠れるし、簡単にボコボコにできるに決まっている。俺はコイツよりも強いし、コイツはただ硬いだけのポンコツ野郎なんだから。

「《殺刃》!!」

「……」

「《ドレイク・ブレイク》!!」

「……」

「《ハイパー・ブレイド》!!」

「……ハァ」

クソ、やっぱり硬いな。俺の必殺パート2でも、なかなか傷を付けることはできない。オリハルコンよりも硬いんじゃねェのかコイツ。こんなやつに傷とダメージを負わせるなんて無理なんじゃねェのか、なんて考えさえもついつい浮かんでしまう。俺の心の中にほんの少しの諦めが生まれちまう。

だけど、ここで諦めるわけにはいかない。大丈夫、俺の必殺技はあと108もあるんだ。まだまだストックはあるわけだから、この調子で攻撃を続ければ確実にコイツを殺せるハズだ。何度も何度も何度も、ズタズタズタズタズタズタにしてやれば、いくら硬いコイツでもいつか音を上げてギブアップを宣言する、そのハズなんだ。

「……なぁ、まだ続くのか？」

「やっと温まってきたんだ!!　水を差すんじゃねェ!!　テメェを殺してやるよ!!」

「……さっきから何度も別の名前で技を発動しているが、名前が違うだけで技の効果は何にも変わっていないことに気付いているか？　例えば《アルティメット・ソード》と《ハイパー・ブレイド》の違い、明確に答えられるか？」

「そ、それは……き、気合だァ!!　気合をどれだけ入れているか、それが違ェんだよ!!」

「……具体的にどっちが気合を入れていて、どっちが気合を抜いているんだ？」

「そ、それは……は、《ハイパー・ブレイド》だァ!!」

「……だったら2回目の攻撃の際は、手を抜いたってことかよ。やれやれ、俺もナメられたものだな」

この野郎、ため息を吐きやがって。俺の剣技をバカにするんじゃねェよ!!　俺の剣技は名前が違うだけで効果が一緒なウスノロの剣技とは違って、気合をどれだけ入れているかで名前が変わるんだ!!　その違いもわかんねェのに、バカにするんじゃねェ!!

……だがそれはいいとして、コイツの弱点が明確にわかったな。コイツは防御力こそ一流だが、攻撃に関してはド三流だってことが理解できた。なんたってコイツはこれまでに攻撃を一切行ってこず、舌戦というバカがする戦いで俺を煽ってきて、普通の攻撃はまるでしてこねェんだからな。これは攻撃に自信がねェから俺を煽って、そして俺の自滅を待っているに違いない。コイツはタッパこそデカいが、体は細身だからな!!

「攻撃攻撃攻撃攻撃ィイイイイ！！！！」

「はぁ……まだ続くのか。もう飽きたんだけどな」

「テメェはここで、ブッ殺してやンよォオオオ!!」

そして俺は剣を構えて、斬撃を放った。

「《龍刃》!!」

「……」

「《ドラゴン・ブレイク》!!」

「……」

「《ギャラクシー・ブレイド》!!」

「……なぁ、もう飽きただろ？　周りの連中の反応を、よく確認してみろよ」

何だ、コイツ。戦闘中に悠長《ゆうちょう》だな。

一応コイツの言葉に従い、周りの連中に視線を配ると――

「あのバカの田舎者、いつになったら諦めるんだ？」

「相手はSSS級の最強テイマーだぞ？　精々B級程度のザコが挑んだって勝てないんだから、さっさと諦めたらいいのにな」

「あんな粋がって……滑稽だな。さっさと降参してくれれば、第一試合もスピーディに終わってくれるんだけどな」

「はぁ……若さ故の過ち、いや……あれはバカ故の過ちか」

クソ、周りの連中め。俺の勝利を誰も信じちゃいねェ。

唯一応戦してくれるのは、ダチのふたりだけだ。あのふたり以外の全員が俺の敗北ムードになっていて、ため息を吐きやがっている。クソクソクソクソクソォオオオ!!

絶対に勝ってやる。周りの連中に俺の勝利を信じなかったことを、俺に賭けなかったことを後悔させてやる!! コイツが嘘偽りのSSS級だってことを俺の勝利をもって、完全に証明してやるゥウウウウ!!

「ほら、わかっただろ? さっさと降参してくれれば、痛くはしないから……もう諦めてくれよ」

「黙れ黙れ黙れェエエエ!! 俺はお前に勝ってやる!!」

「……ハァ、お灸《きゅう》を据えないといけないのか。お前は鬱陶しくて大嫌いなタイプの人間だが、ほぼ初対面のお前をワザワザ痛めつけたいほど俺もイカれてはいないんだけどな」

「ブッ殺してやるゥウウウウウウウウウウウウウウウウ!!」

俺は剣を構えて、再び駆けだした。今から繰り出すのは村に一度だけやってきた憧れの冒険者、カナト様から教わった伝説の剣技だ。カナト様と同じパーティにいたコイツでも、きっと避けられない最強の剣技だ!!

ブンッと剣を大きく振りかぶる。そして魔力を刀身に宿して、集中。そして――

「《ブレイク・サンダー・ブレイド》!!」

稲妻よりも早い斬撃を、俺は繰り出した。雷属性でもないのに、その速度から『サンダー』の名が付いた斬撃。どれだけコイツが頑強でも、カナト様も愛用したとされるこの斬撃を食らえばタダでは済まないだろう!!　さぁ、死ねェエエエエ!!

「——お前、やっぱりバカだな」

その時、何かが起きた。

「がはッ……!?!?」

何が起きたのか、自分でもさっぱり理解できない。気が付くと俺は壁にメリ込んでいて、血反吐を吐いていた。全身に激痛が走り、目がチカチカする。骨はバキバキに折れてしまい、腹からは臓物が漏れ出してしまっている。

痛い、痛い!!!!

「あぁあああああああああああああああああ!?!?!?!?」

「ははッ、滑稽だな。先ほどまで粋がっていたのに、今では怯えた子犬のようだな」

「あぁあああああああああああああああああ!?!?!?!?」

「痛みのあまり叫ぶことしかできない様子だな。まぁそれだけダメージが入れば、そうなるのも致し方ないか」

クソクソクソクソクソクソクソクソクソクソクソクソクソクソクソ、痛い痛い痛い痛い痛い痛い痛い痛い痛い痛い痛い痛い痛い痛い痛い痛い痛い痛い痛い！！！！！

痛すぎてコイツの言葉が何も届かない。何か煽っている様子でヘラヘラと笑っているが、あまりの痛みのせいで耳には届かない。クソ、最悪だ。

「俺は軽く殴っただけだというのに、お前がザコだからそこまで苦しむことになるんだ。お前が弱いから、お前が粋がってしまったから、全てお前が招いた結末なんだ」

「クソッ、クソクソクソクソクソクソクソクソクソォオオオオオオオオオオオオ！！！！」

「わかるか？　これがB級のお前とSSS級の俺の差だ」

「痛ェエエエエエエエエエエエエエエエエエエエエ！！！！」

「さて、どうする？　まだやるか？」

「クソォオオオオオオオオオオオオオオオオオオオオオ！！！！」

痛い、最悪だ。だが、悔しい。

俺はこんなところで負けたくない。痛みこそ凄まじいが、苛立ちはそれ以上だ。コイツに対してハラワタが煮え繰り返る。怒りのあまり徐々に痛みが引いていく。

コイツ……殺してやる。ブッ殺してやる!!　絶対ェ許してやらねェ！！！

「殺す、殺してやるゥウウウウウウウウウウウウウウ！！！！」

「……ハァ、愚かな男だな。そこまでダメージは入っても、まだ粋がる余裕があるだなんて……」

そう言って、再度コイツは拳を振るってきて――俺の意識が途絶えた。

「勝者!!　アルガ!!」

◆

無事に第1試合が終わり、俺は再び控え室へと戻ってきた。周りには先ほどの半分にまで減った挑戦者の面々。生き残った彼らは最低限の強さを示している。

「やはり……アルガの野郎、生き残りやがったな。まぁ当然の結果と言えるけどな」

「あんなB級のイキリ野郎に敗れるほど、あいつは弱くねェからな。仮にもSSS級なんだから、あの勝利は約束されたものだな」

「しかし……アイツがSSS級だということを鑑《かんが》みても、あのイキリ野郎を弐撃《に》で屠ったのは凄まじいよな」

「ホントだよな!!　一撃目でアイツを瀕死《ひんし》に追い込んで、2発目で完全に意識を途絶えさせたんだからな!!」

「【怪力乱神】の二つ名を持つカイリをも凌駕《りょうが》するパワーに、【拳神】の異名を持つゴウリに並ぶパンチ力。あれで本業がテイマーだっていうんだから、俺たちみたいな【戦士】や【格闘家】からしたら……たまんねェよな……」

「アイツ自身もトンデモないパワーを持っているけどよ、それに加えてトンデモない魔物まで所持しているんだろ？　……ちょっとは自重してくれよな」

「俺……棄権しようかな。アイツがいる限り、優勝なんて絶対に無理だもんな……」

周りの連中は、口々に俺への称賛や畏怖を語る。確かに俺のパワーは今や表示できないほど高まっているが、彼らだって十分に強いのだ。そんなに畏怖する必要も卑下《ひげ》する必要もない、彼らも頑張ればワンチャン俺に勝てるかもしれないのだから。

……いや、ないか。ワンチャンどころかノーチャンだ。彼らがどれだけ頑張ろうとも、俺には絶対に勝てない。確かに彼らは実力者であり、第1試合を生き残った強者だ。だがしかし、彼らを眺めていると……失礼だが全員が弱そうに窺える。鍛え抜かれた筋肉を誇る巨漢であっても、俺からすれば筋力の練りは甘く柔らかだ。武術の天才を名乗る者であっても、その剣や拳が俺に届いたとてきっとダメージは微塵も入らないことだろう。

……再度思った。失礼だが彼らは俺には絶対に敵わないことだろう。この場にいる全員が束になっても、俺は彼らに勝てる自信がある。


それから少し時間が経ち、俺たち闘技者たちは複数の関係者に案内された。そしてやってきたのは、闘技場だった。先ほどの第1試合とは違って、外部に建設された観客席の設けられているマジモンの闘技場だ。床が石畳でできている、コロッセオ上の大マジの闘技場なのだ。

「うぉおおおおおおおおお！！！！！！」

「ついに来たぞぉおおおおお！！！！！！」

「殺し合えぇぇえええええええ！！！！！！」

「待っていたぞぉおおおお！！！！！！！」

「きゃぁあああああああ！！！！！！！」

「シオン様ぁあああああああ！！！！！！」

「カケル様ぁああああああ！！！！！！」

「アモン様ぁああああああ！！！！！！」

「こっち見てぇええええええ！！！！！！」

「最高よぉおおおおおおお！！！！！！」

「ふふ……ニワカファン層は感極まっているでござるな……」

「我らが玄人はこのように、演出に尽力を注ぐのだ！！！！」

「ゆくぞ!!　ペンライトを振るうのだ！！！！！」

観客席には総勢10万人を超える観客の姿が窺える。男性の観客が比較的多く、怒号にも近い歓声が辺りから飛び交っている。このような血なまぐさいイベント故に、必然的に男性のファンが多くなるのだろうな。だが中には女性の姿も見え、その女性ファンのほとんどが徒党を組んでおり、さらに女性のファンの多くがボウッとしたうっとりとした恍惚とした表情を浮かべている者が多い。旗を振って必死にアピールをする者や、ウチワを振ってアピールをする者が多く見て取れて、旗やウチワには特定の参加者の名前が刻まれていることから、女性ファンの多くが特定のイケメン冒険者のファンのようだ。

そんな様々なファン層を抱える観客席だが、中には奇特な観客の姿も窺える。光って鳴るスティック状の物体を必死に振っているチェック柄の服を纏った者の姿や、後方で腕を組んでニヤニヤしている者の姿などだ。……最後の彼らはいったい、何を目的としてそんな行いをしているのだろうか。特定の冒険者のファンのようには窺えないし、かといって彼らは比較的細身なので血なまぐさいこのイベントのファンのようにも見えない。……マジで何が目的なのだろうか。

「さて皆様!!　第1試合は終了しました!!　これより第2試合を開始させていただきます!!」

とそんなことを考えていると、どこからともなく声が聞こえてきた。先ほど聞こえてきた声と同じなので、第2試合の司会者も同じ人物なのだろうな。

「第2試合、いえ本試合は闘技場にて戦ってもらいます!!　すなわち、皆様の前で戦うのです!!」

司会者がそう告げると、キャァアアアアと歓声が闘技場を包み込む。闘技場に並ぶ俺たちに対して、観客たちは狂気にも似た歓声をドンドンズンズンと上げている。

「俺……緊張してきたぜ……!!」

「こんなに人が見ている中で戦うなんて、初めてだもんな……。興奮もするけれど、同じくらい緊張してくるぜ……!!」

「おぉ……緊張のしすぎで全力を出せるかわからねェな……。この活気に負けないように、気合を入れねェとな……!!」

「頑張るぞ!!　気合だ!!　気合だ!!　気合だ!!　気合だ!!」

と、多くの参加者は気合を入れようと、自分を克己している。俺もそうだが冒険者という生き物の多くは誰かの目に入る場所で戦うことは少なく、山や海、草原などの人の目の少ない場所で戦うことがほとんどだ。故に彼らの多くはド緊張をしており、その緊張を消すために気合を入れている。

確かに大歓声の中、大観衆の中で戦うということは緊張することだ。だがしかし、ソレで喜ぶのは……正直、理解できない。

「なんか……俺たち、動物園の檻の中の動物みたいだな……」

「あぁ、確かにな。……観客の見る目は人間を見る目じゃなくて、珍獣を見る目をしているもんな」

「俺たちの中から死人が出たとしても、コイツらはきっと何も思わないだろうな。いや、正確には……歓喜するだろうな。過激なことと人道から外れた行いが大好きなコイツらのことだから、絶対にそんな反応を示すだろうな」

「なんだか……気分悪ィよな。コイツらは絶対に傷つかないっていうのに、俺たちの戦いを楽しみに観ているんだもんな。……やっぱり、なんか気分悪ィよな」

よかった、俺と同じことを思っている人が結構な数存在している様子だ。大勢の観衆が俺たちの戦いを、いや……殺し合いを楽しみにしているのだ。なんというかそのことに対して、どうしても嫌悪感を抱いてしまう。彼らは絶対に自分の身を傷つけたりしないのに、俺たちの戦いや死を楽しみにしているのだから。……どうしても嫌悪感を抱いてしまう。

まぁこの感情を抱いたところで、どうしようもないのだが。「その目で見るのをやめろ!!」と彼らに叫んだところで、俺たちの方が変人扱いを受けるだけだ。「俺たちは動物園のパンダではない!!」などと訴えたところで、観客たちのほとんどがその視線をやめてくれることはないだろう。こうやって闘技大会に出場した時点で、俺たちがこんな不愉快な視線に晒されることは確定していたことなのだから。とどのつまり、何をしたところで無駄なのだ。

「さて、ここからの試合の説明をさせていただきます!!」

司会者がそう語ると、今後の試合説明を始めた。……説明とは言ったものの、内容は大方の人が予想できているようなものだった。

・試合はトーナメント方式

・闘技者同士で一対一で戦う

という至ってシンプルな内容を、司会者は告げた。その説明を聞いて、観客たちはさらに盛り上がる。……いや、ただの説明だぞ。それを聞いて盛り上がるのは、さすがに理解できない。

「さて!! ではさっそく、試合を行いましょう!! まずは——」

というワケで、試合が開始された。

「……とはいっても、暇だな」

この闘技大会の参加者は合計300人。そして第1試合で半分となり、150人となった。そして第2試合では1回で5試合ずつ行われるが、さすがに150人もいるので……全ての試合がかなり長い。第2試合が始まってから40分以上が経過した今でも、俺の出番はまだまだやってこなさそうだ。

というわけで、今の俺にできることは他の参加者の試合を観ることだけだ。親しい人が参加者にいるわけでもなく、むしろ話しかけたら皆が俺のことを恐れて離れていったので……必然的にボッチを強要されているというわけだ。……つらい。

「……しかし、やっぱりだが……俺の敵ではないな」

数試合が終わった現状、俺の敵に成り得そうな人物は皆無だ。もちろん彼らは決して弱いワケではないことは重々理解できているが、それでも……やはり俺がSSS級だからか、彼らの強さがどうしても足りなく感じてしまう。彼らの放つ上級魔法や剣術が、どうしても拙《つたな》く感じてしまう。

俺は間違いなく強くなったし、今では邪神を討伐できるほどに強くなった。だがしかし……少々強くなりすぎたようだ。他人に話しかけても逃げられてしまうほどの強さは、孤独を生むだけのようだ。あぁ……これが以前にシセルさんの言っていた、強者の孤独というヤツなのだな。身をもって理解できた。


「うぉおおおおおお！！！！！！」

「さすがだ！！！　スゲェ！！！！！」

「トンデモねェレベルの戦いだ!!」

「スゲェ!!　すごすぎるぜ！！！！！」

「キャァアアアアア！！！！！！！」

「カンナ様ァァアア！！！！！！！」

「美麗な剣技、素敵ですわ！！！！！」

「いつまでも応援していますわ!!」

観客の熱意が伝わってくるが、それも含めてよりツラくなってくる。観客だけではなく出場者も含めて、この場で冷めているのは俺だけだから……より一層孤独を感じてツラく感じてしまう。客寄せパンダを嫌がっていた捻《ひね》くれた冒険者の方々も、その全員が闘技場で行われている戦いに興奮をしているくらいだからな。

……ルクミ・ミルクティアに出会うこともできなかったし、こうやってひとりだけ冷めている現状はすごく嫌だし……もう帰ろうかな。今は俺ひとりだけが冷めているだけに留まっているがこのまま放っておけば、俺のこの気持ちが周りに伝播《でんぱ》して他の冒険者まで冷めてしまうかもしれない。俺ひとりだけが冷めているだけならまだしも、他の冒険者や観客たちもシケてしまえば……申し訳ない気持ちでいっぱいになってしまう。

「……そこの貴殿、隣を失礼してもよろしいか？」

帰宅することを検討していると、ふいにひとりの少女に話しかけられた。少女、と形容したが実際の性別はわからない。深くフードを被っているせいで顔は見えず、ダボダボのコートを纏っているせいで性別は全然わからない。わかることといえば、身長が150センチほどと小柄なことと声が鈴の音のように透き通っていることだけだ。

しかし……何故だろう、ひどく懐かしい気がする。彼女の声色や騎士のような口調、顔や性別は確定できないのに何故だか懐かしい気がしてしまう。彼女と出会うのは、多分初めてだというのに。

「貴殿、聞いているか？」

「あ、あぁ。ど、どうぞ」

「うむ、感謝する」

そう言って、謎の人物は俺の隣に座った。背丈が小さいため、ヒョコッと石のベンチに腰をかけた。

「貴殿、今回の闘技大会をどう思う？」

「どう思う……と言いますと？」

「レベルだよ。今回の大会はレベルの高い大会か、それとも低い大会か。貴殿はどう思うのだ？」

「えっと……正直なことを言ってもいいですか？」

「無論、構わないとも」

「……レベル自体は高いと思います。ただ……」

「ただ？」

「……俺個人からしたら、かなり程度の低い大会だと思います」

と、正直に告げた。

すると謎の人物はクククッと、笑いだした。

「ほぉ、具体的にどこをどう見て、レベルの低い大会だと思った？　彼らも彼らなりに上級魔法や優秀な剣技、その他の武技を用いて戦っているぞ？　素人目からすれば、とてもじゃないがレベルが低いなどとは思わないのだが？」

「……えぇ、そういうところですよ。そういった〝普通〟の上級魔法や〝普通〟の剣技、その他の〝普通〟の武技の数々だからこそ低レベルだと思ってしまうんですよ。本大会は確かに国家間を越えるような大々的な大会ではないですし、どこかの武人や騎士団長が出場するなんて話も一切ないです。ですけれど、それでもこんなに出場者がいるんですから……ひとりくらいは〝普通〟ではない人がいても、おかしくないじゃないですか」

「つまり貴殿は出場者が画一的な実力しか持たないことに対して、不満があるのだな。たとえ弱くてもいいからもっと違った力や尖った力があってほしいと、そう願っているのだな」

「えぇ……そうですね。そうなりますね」

この人に言語化してもらって、自分の感情を深く理解できた気がする。そうか、画一的で既視感のある戦闘しか行わない出場者に対して、俺は不満を募らせていたのか。彼らの実力が弱いから飽きていただけだと思っていたが、本当は彼らがトコトンつまらないから飽きていたのか。彼らがたとえ弱くても、見たことも聞いたこともない尖った未知の力を披露していれば飽きていなかったのか。

……この人、すごいな。

俺本人でもその本質を気付くことのできなかった感情を、この人は容易に察して言語化してくれた。しかも俺と親しいわけでもなく、なんだったらほんの数分前に出会ったばかりだというのに。たった少しの問答だけでこの人は俺の本意を読み取り、それを理解してくれたのだ。なんというか……すごいことだな。とてもじゃないが俺にはできないし、世界最強であるシセルさんであってもできない芸当だろう。

「だがしかし、たとえ弱くても良いからとは言ったが……そうかそうか、貴殿は自身の実力に自信があるのだな。それも相当、かなり自信があると見受けた」

「えぇ……お恥ずかしながら、かなり自信があります。この場の誰と戦っても、必ず勝てる自信があります」

「それは素晴らしい!!　若さ故の自信、それを慢心だと糾弾する老害は数多く存在するが……我はそうは思わない!!」

褒められている……のか？

何だか、よくわからないな。

「確かに貴殿はなかなかに逞《たくま》しい肉体をしているな。愚鈍なボンクラ共は気付くことができなかったようだが、その身に秘めた筋肉は伝説のドラゴンである『マッスル・ドラゴン』でさえも凌駕するだろうな」

「いやいや、さすがにそこまでじゃないと思いますよ。確かに俺の筋肉は人智を越えていることは承知していますが、さすがに大陸を空手チョップでカチ割るほどの膂力を誇るマッスル・ドラゴンには負けますよ。……多分、ですけれど」

ステータスがカンストした今でも、さすがに大陸をチョップでカチ割ることはできない……と思う。ちょっとやったことがないので、実際にやってみたら案外可能かもしれないが。いや……さすがにそれができたら、自分の強さに引いてしまうな。

「それに貴殿、テイマーだろう？　なかなかに強力な魔物を従えているように窺えるが、どこで手に入れたのだ？」

「えっと……説明が難しいですね。簡単に言うと、自分で造ったんですよ」

「それはつまり錬金術を応用したホムンクルスのように、人工的な生命体を造り出したってこと？」

「あぁ……いや、違いますね。なんというか……どちらかというと、キメラが近いですね。俺、生命体同士を合体できる術を有しているんですよ」

「なるほど、そういうことか。強力な魔物同士を合体させて、最強の魔物を造り出したということだね。ふむ、貴殿は錬金術師ではなさそうだし……おそらく、何か特別な術を有しているんだろう？」

「えぇ、まぁ……そうですね。配合っていう特殊な術を用いているんですよ。これを使えば錬金術によって生み出されるキメラのように歪《いびつ》な姿の魔物ではなく、元々そういう種族であったかのような魔物が生み出せるんですよね」

「つまりキメラよりもずっと、綺麗な形で魔物が造れるというわけだね。話を聞く限りでは配合するのに必要な条件は、自分がテイムした魔物に絞られるように窺えるね。テイマーであることが、活きたと窺えるね」

「えぇ、そうですね。俺がテイマーじゃなかったら、この配合という手段はきっと持ち腐れだと思います」

って、なんで俺はこんなにペラペラと自分のことを話しているんだ？　この人の前にいると、どうにも口が軽くなってしまうな。

「SSS級の実力だけではなく、それと同じくらいの魔物を従属しているとはね。さすがは稀代《きだい》の天才テイマー、アルガだな」

「あはは、ありがとうございます。……って、あれ？　俺、自分の名前を明かしましたっけ？」

「ふふ、貴殿ほどの有名人、知らないハズもないだろう？　あのシセルと共にパーティを組んでいる上に、本人もSSS級なのだからね。世界最強のテイマーといえば、今となっては貴殿を指す言葉になりつつあるのだからね」

「あはは、畏《おそ》れ多いですね。それにしても……俺、自分が思っている以上に有名人なんですね。ちょっと、驚きです」

となると、あの不良たちの無知さがさらに際立ってしまうな。アイツら……本当に何も知らないのだな。あんなにバカだと、さすがに同情してしまうな。

「さて、そろそろ我は去るよ」

「あ、はい。どうも」

「……アルガくん、貴殿の活躍……期待しているよ」

と最後にそう言って、その人は去った。

深くフードを被っていたため、その人の表情は窺えなかったが……何故だかその人は笑っていたような気がした。

「……っと、次は俺の番か」

俺は急いで控え室へと向かった。

◆

「レディィイイイスエンジェントルメェエエエン！　さぁ始まりました闘技大会！　実況はワタクシ、キョウジ・ツ・タクシが！　そして!!」

「解説はわたくし、セツ・カ・イオウが送ります」

「季節は3月！　まだまだ寒いというのに、試合会場は熱気に包まれております」

「そうですね」

「セツさんは誰が今回優勝すると思いますか？」

「わたくしは――」

「おっと！　さっそく入場してきたのは!!　北門から入場！　身長290センチ！　体重500キロ！　誰が呼んだか『鈍《にぶ》く煌めく猛虎』!!　サイワ・ル・ブレイブだ!!」


「……恥ずかしすぎるだろ」

サイワの入場口《北門》とは逆の入場口《南門》で待機しているが……あの紹介に震えざるを得ない。実況に紹介されて入ってきたサイワは、嬉しそうに腕を上げてアピールしているが。

「……これ、本当に必要ですか？　俺、あんな紹介されたくないんですけれど」

大会のスタッフに質問とお願いをする。

「規則ですので。実況席の彼らも、あの紹介をしないと減給なのです」

「シビア」

極めて萎えていると、サイワを讃《たた》える観客たちの歓声が聞こえてきた。

「ナイスバルク！」

「デカいよ！　圧がスゴい!!」

「腹筋アンパンかよ!!」

「バリバリ筋肉ナンバーワン!!」

……なんだ、その歓声。

全部筋肉を讃える歓声なのだが。

「さぁ、アルガ様。出番ですよ」

「マジかぁ……でも、俺の筋肉はアイツに比べたらモヤシみたいな感じですよ？」

「大丈夫です、褒める専門のスタッフも紛れていますので」

「サクラを用意する必要あるか？」

いやいやながら、俺もコロッセオに向かう。はぁ、気分が重い。

「続いて南門から入場！　身長197センチ！　体重80キロ！　史上最強のテイマーであり、今回の大会の優勝候補!!　アルガ・アルビオンだ!!」

恥ずかしい説明を受け、トボトボとコロッセオの中心へと向かう。

「マジカルマッスル!!」

「ダーク筋肉見せてくれ!!」

「覚醒したらマッスルベルノー賞！」

「バリバリ暗黒ナンバーワン!!」

もはや意味がわからない。褒めるところが見当たらないなら、褒めないでほしい。無理してまで褒められると、惨めになる。

「……はぁ」

闘技場にて相対するは、入り口で揉めた男たちのひとり。

屈強な肉体をしており、身長は290センチほど。体重はおおよそ300キロ程度だろうか。パンパンに詰まった腹は非常に硬そうで、腹筋と脂肪をいい感じに詰め込んでいるようだ。

「テメェ！　今から死ぬのに、ため息だなんて良い度胸でゴワスなァ!!」

「……気分下がるだろ。お前が相手な上、無理して褒められて」

「さっきは邪魔が入ったから殺せなかったでゴワスが、今度こそは確実にオイドンが殺してみせるでゴワスよ!!　ボコボコのギタギタにしてやるでゴワス!!」

「やってみろよ、図体だけの木偶の坊が。それにお前は筋肉を賞賛されているが、その脂肪は何なんだよ。腹がパンパンに膨れて、パンパンマンか？」

「ウガァアアアアアアアアア!!　ブッ殺してやるでゴワス！！！」

ふ、バカな男だ。こんな簡単な挑発に乗るだなんて。見た目通りの脳筋タイプだな。

「それでわァアア!!　試合を開始します!!」

俺とサイワは指定位置に立つ。

サイワは棍棒を抜き取り、俺は手を広げる。

「素手でゴワスか？　殺されに来たのかのでゴワス？　それにテイマーは事前に魔物を召喚していて

も、別に構わないのでゴワスよ？」

「実力差がありすぎる場合、ハンデは必要だろ？　お前の仲間もそうだったが、お前らみたいな低俗な連中に俺の高尚な魔物たちを触れさせたくないんだよ」

「ナメんじゃないでゴワス!!　もう怒ったでゴワスよ!!　確実にブッ殺してやるでゴワス!!　殺意満点でゴワス!!」

互いに煽り合い、魂を滾らせる。

「試合ィイイイ！　開始ィイイイイ!!」

刹那、試合が始まったと同時に――――

――――サイワが血を流した。

◆

「え！　サイワが口から血を流しているわ!!」

「どうなっているんだ！　あのデカブツも何かした様子はねェぞ！」

「おいおい、サイワしっかりしろ！　二日酔いか？」

「酒を飲みすぎて、胃袋が裂けただけだろ！　お前の筋肉魂《マッスル・ソウル》見せてくれ!!」

観客たちは、見当違いな考察を続ける。

当然ながら、胃袋に穴が開いたわけではなく、筋肉如きで解決できるわけもなく。

「ぐッ、ガハッ!!」

眼球から、鼻から、耳から、口から。

顔中の穴という穴から、血を流すサイワ。

「何をしたでゴワス!?」

「ただ答えるのも、つまらないだろ？　だから……質問をしよう」

「ふざけるなでゴワス！　さっさと……ぐはッ!!」

「この世で一番強力な猛毒は、何だと思う？」

腕を組み、質問を投げる。

今の俺はきっと、良い表情をしているだろう。

「クソ……それに答えれば……これをやめてくれるのでゴワスか!?」

「相手に状況の改善を懇願するだなんて、情けないな。だが、いいぞ。その毒を消してやる」

「わ、わかったでゴワス……。考える……」

「早くした方が良いぞ？　頭がボーッとしてきただろ？　後数分で、あの世逝きだからな」

「うるさい！　ちょっとは……ぐふッ！　わ、わかった！　ボツリヌス菌でゴワス!!」

「お前、案外頭良いんだな。そんなの知っているだなんて」

「どうだ、正解でゴワス!!」

「残念、外れだ」

「な、なら！　ノロウィルス！　サリン！　テトロドトキシン!!」

「全部違う」

「クソッ！　さっさと……グフッ!!　ガハッ!!」

サイワの顔色が、どんどん青ざめていく。

このまま衰弱していく姿を見るのもいいが……。

「このまま勝っても、映《ば》えないいな」

サイワにかけてあった〝毒〟を、解毒してやる。

「ぐ、ハァハァ……どういうつもりでゴワスか？」

「このままお前を倒しても、つまらないからな」

「……せっかくでゴワスから、正解を教えるでゴワスよ」

「答えは『酸素』だ。人間というのは不思議な生き物でな、酸素がなければ生きていられないのに、酸素が多すぎたり少なすぎたりすると、すぐに死んでしまうんだ」

「……酸素を操った!?　そんな魔術、聞いたことがないでゴワスよ!?」

「簡単なことだ。『風属性』の魔術さえ扱えれば、誰でもできる」

ステータスもレベルもカンストした俺は、あらゆる魔法を使えるからな。

「風も所詮は空気に過ぎない。ならば、空気に含まれる成分を操れても、何らおかしくはないだろう？」

「だが、それは……賢者もできないほどの緻密なコントロールが必要なはずでゴワスよ!!」

「何もかもカンストした俺には、緻密なコントロールなど容易いことだ」

「訳わからんことを言うなでゴワス!!」

サイワは魔術を展開しようとしてくる。

つまらない男だ。

「死ぬでゴワスよ!!」

「それはコチラのセリフだ」

──《中級の岩槍《ロック・ランス》》発動。

「ぐ、ぐぁあああああ!!」

岩槍が飛んでいき、サイワを突き刺す。

腹部が完全に貫通しているが、サイワは倒れない。筋肉で痛覚を遮断しているのだろう。マッスルコントロールというやつだ。

「痛みはないだろうが、そのままでは出血多量で死ぬぞ。降参したらどうだ?」

「ふざけるな!! オイドンよりも早く魔法を発動しやがって!! その上、無詠唱で魔法を発動させるなんて、インチキだ!! クソッ!!」

サイワは再度、魔術を発動させようとする。だがしかし、そんなことはさせない。俺は再度魔法を発動させて、サイワの体を痛めつける。

「《中級の岩槍《ロック・ランス》》!! 《中級の岩槍《ロック・ランス》》!!」

「グァアアアアアアアアアアアア!?」

「お前の魔法なんて、誰が発動させるかよ。そうだ、魔法じゃなくて棍棒を使うのはどうだ?」

「そうか！　……って、アドバイスしたこと後悔するなでゴワスゃ!!」

サイワは棍棒を持ち、俺に襲いかかろうとするが……。

「ふんッ」

サイワの腕を殴り、粉砕。

サイワは棍棒を落とした。

「グヮァアアアアアアア!?!?!?」

「どんなに筋肉があっても、手が砕け散ってしまえば何も持ち上げることはできないだろう？」

俺の先ほどのパンチによって、サイワの手はグチャグチャになってしまった。5本ある指は4本になってしまい、残った4本の指は自由気ままに好き勝手な方を向いてしまっている。残った指は本来指が向かない方を向いており、その事実がサイワにひどい苦しみを与えている様子だ。血がピューピューと吹き出しているところから察するに、その痛みは俺の想像を遥かに超えるだろうな。

「え、ウソ！　サイワ!!　その筋肉は見せかけなの!?」

「なんだよ、そんなヘナチョコパンチくらい無効化しろよ!!」

「お前、偽筋か？」

「偽りの筋肉で、俺たちを騙していたのか!!」

「見損なったぞ、ペテン師野郎!!」

観客のブーイング。だが、指がグチャグチャに折れてしまったサイワには、そのブーイングの嵐は届かない。あまりにも痛すぎるため、耳が遠くなっているのだ。涙を浮かべて鼻を啜るサイワには、観客たちからのブーイングなど届くはずもないのだ。

「な、なんでゴワスか!!　そのパワーは!?」

「偽筋野郎が口を開くな」

今度は、サイワの顎をギュッと握る。いわゆる『顎クイッ』のようなポーズを取り、サイワに顔を近づける。……口が臭いな。

「キャァアアアアアアア!!　BLよ!!」

「キスするんだわ!!　キスよ絶対に!!」

「ブサメンなサイワとイケメンなアルガ、ふたりの恋は……ふふッ、ふふふふふふふふふふふふふふふふふふふふふ」

「あ、アタシ……ドキドキしてきちゃったわ!!」

一部の貴腐人様方が腐った妄想をしているが、残念ながらそんな妄想通りの展開は起きない。ていうか、こんなゴミ筋肉野郎とBL展開なんて、100パーセント起きるハズがないだろう。

俺はサイワの顎を握る手に、少しずつ力を込めていく。まるで万力《まんりき》のように徐々に徐々に強くなっていく俺の手によって、サイワの顎はミシミシと音と立てる。同時にサイワの表情に、徐々に焦りの文字が浮かび始める。

「や、やめろ!!　やめてくれ!!」

「俺、お前みたいなヤツのことが大嫌いなんだよ。だから……苦しめ!!」

手に全力の力を込め、サイワの顎を粉砕した。顎の皮膚からは骨片が飛び散り、おびただしい量の血が溢れ出す。小さな肉塊もボトボトと飛び散り、床面が真っ赤に染まってしまった。

「うわ、グロいわね……。全然BL展開じゃなかったわね……」

「BLというよりは、GLの方が近いわね……」

「ガールズラブ？　ふたりとも性自認も体の性別も、男のハズだからガールズ要素はないわよ？」

「グロテスク・ラブの略よ。あんなにグロいんだから、GL不可避よ」

いや、ラブ要素はないのだが。こんなクソ野郎に欲情するほど、俺は腐っていない。きっと腐ってくれた方が、貴腐人たちにとっては嬉しかったのだろうが。

そんなことはどうだっていい。それよりも……なんて惨めな姿なんだ。顎を押さえるも顎の神経が剥き出しになったせいで、ビクビクと悶えながら顎を押さえているサイワ。その姿は体の筋肉が小さく見えるほど、惨めで無様な姿をしていた。先ほどまで粋がっていたというのに、今のサイワにはその姿は影も形も見てとれない。なんとも……情けない姿だ。

「クソッ……チクショウ……」

「顎が砕けたというのに、まだ喋れるのか。筋肉だけで無理やり喋れるなんて、そのマッスルボディは見せかけだけのものではない様子だな。さて、そんなことよりもだ……俺のことが憎いだろう？」

「殺す……絶対に殺してやる……!!」

「その殺意の籠《こも》った眼差し、復讐者としては100点満点だな。だけど残念だが、お前のその願いは絶対に叶わない。お前はここで……敗れ去るんだからな」

そして俺は拳を握り締め——

「歯を食いしばれ」

殴る、殴る。

「グァアアアアアアアアアアアアアア!?」

殴るたびにサイワの体はグチャグチャになる。全身の骨はボキボキと音を立てて折れていき、皮膚の下から折れた骨が突き出る。骨が突き出るということは肉も飛び出るということで、真っ赤な筋繊維や黄色い脂肪などが皮膚の下から飛び出る。それに伴ってドビュドビュと鮮血も地面を赤く濡らしていく。

なんて……グロテスクなのだろうか。飛び出た臓物や骨、筋繊維に鮮血。どこからどう見ても致死量だというのに、サイワはその凄まじい生命力の恩恵でいまだに生きている。だが生きているということは、まだ苦しまなければならないということだ。あぁ、その生命力が仇となってしまうなんて……なんとも哀れで情けないな。同情はするが、この手を緩めようという気は一切ない。

「お、おい!!　どうなっているんだ!!」

「あの華奢な体に、あのサイワの体をグチャグチャにする筋肉があっただと!?」

「ふぉっふぉふぉ、ワシは最初から見抜いておったよ」

「長老!!」

「あれは姿無き筋肉《ステルス・マッスル》じゃ」

「ま、まさか……彼にも筋肉の遺伝子が流れているのか!!」

そんなもの、流れていない。

観客たちは、適当なことを言わないでほしい。聞いたことのない単語を造るのも、やめてほしいものだ。

「ば、バケモノめ……」

「そうだ、SSS級だからな」

「ち、ちくしょう……こんなバケモノが出場しているって知っていれば、出場なんてしなかったでゴワス……」

「後悔しても、もう遅いぞ。さて、ここからどうする？」

「こ、降参……」

「黙れ、今さら降参なんて甘えたことを言うな。シセルさんとレイナに下品なことを言ったうえに、あれほど俺のことをバカにしたんだ。今さら降参だのなんだの言ったって、もう遅いんだよ」

そして俺は、拳を握り締めて――

「歯を食いしばれ」

殴る、殴る。

そして――

「あ、がっ……」

「失神したな」

泡を吹き、意識を失うサイワ。

俺は立ち上がり、拳を天に掲げた。

「素晴らしい決闘！　見たことのない魔術の攻防！　勝者は!!　アルガ選手だァアアアアアアア!!」

「スゴかったぜ!!　アルガ!!」

「俺、見直したぜ!!　半端じゃねェ筋肉だったぜ!!」

「ナッシングマッスルじゃなかったな!!　ナイスバルクだったぜ!!」

「ナイスファイト!!」

「確かに筋肉を感じたぞ!!」

観客の謎の筋肉コール。

こいつら、何故そこまで筋肉推しなんだ？

「まぁ……別に構わないか」

悪い気はしない。俺はニヤつきながら、控え室へと戻った。

◆

「やぁ貴殿、先ほどぶりだな」

試合が終わり、観客席で黄昏《たそが》れていると先ほどの謎の人がやってきた。小粋に手を振りながら、コチラに近づいてくる。……やはりというかなんというか、この人にはどこかで会ったような気がする。だがどこでと言われると、さっぱり思い出せない。

「貴殿、スゴかったな。先ほどの試合」

「そう……ですか？」

「あぁ、彼も決して弱いワケではないだろうに、そんな彼を圧倒するなんてトンデモない実力だ。まさしく英雄、いや怪物じみた実力だな」

「いやぁ、そんなことはないですよ。アイツは肉体だけがマッスルだっただけで、その実力はマジで大したことなかったですよ。現に俺はあの試合で、ほとんど本気を出していませんし」

「謙遜《けんそん》をするな。貴殿は強い、それは確かだ」

褒められると普通に嬉しい。いやぁ、照れるな。

「ソレよりも貴殿、先ほどの試合で本気を出さなかったと言っていたが……ひょっとして貴殿の召喚獣を使えば、もっとスピーディに試合を運べたのか？」

「えぇ、そうです。……ってさっきも言いましたけれど、俺がテイマーだってよく気付きましたね」

「ふふ、私の勘だよ」

……どうにも疑わしい。そのニヒルな表情を見ると、どうも元々俺がテイマーだっていうことを知っていたかのようにも思えてくる。もちろん確証はないため、それを口にはしないが。

確かに俺はテイマー界ではちょっとした有名人なので、テイマー業界に造詣《ぞうけい》が深ければ俺のことを知っていても不思議ではない。邪神を討ったことは世間には知られていないが、俺の実力に関しては知識人であれば割と知っている人も多いのだから。彼女も素人には見えないので、おそらくだが何らかの筋から俺のことを知っていただろう。

「だが不可解だな。貴殿はそこまでマッスルが蓄えられていないのに、アレほどの巨漢を一掃した。一般の観客どもは無知ゆえに適当な考察をしていたが、どうにもこうにも納得ができない。貴殿のステータスはどうなっているんだ？」

「あはは、ノーコメントでお願いします」

「そうか、秘匿か。残念だ」

「まぁまぁ、俺にも色々とあるってことで理解をお願いします」

全てのステータスがカンストして、表示が不可能になっていると説明してもきっと理解してくれないだろう。ステータスがカンストしているなんて説明をしても常人の……理解の範疇を越えているからな。きっと「ハァ？」という呆れた表情を浮かべられて、そしてため息を吐かれるに違いない。俺も少し前までだったら、おそらく同じ反応を示しただろうから。

「それで？　貴殿は何を目的にこの大会に参加したのだ？」

「目的……ですか？」

「そうだ。貴殿の目的はなんだ？」

その目的を実質初対面の人に語るのは、少々気が引ける。「あの頃の少女と再戦をしたい。ただし彼女が出場しているかは、全くの不明だが」なんて説明……普通は理解してくれないだろう。説明した途端に俺のことを頭のおかしい人と認識して、去っていってしまう可能性だって十二分にありえる。

それに俺は別に頭がおかしくなったわけではないしな。しかしこの人の目を見てみると、そこには真剣さが宿っていた。まるで俺の目的を知るまではテコでも動かないぞ！　といった意志すら感じられるほどである。……だがしかし、真実は語りづらい。さすがに理由が頭おかしいという自覚は、俺にだってあるからな。

「そ、それはですね……」

「言えないのか？」

「……はい、すみません」

「そうか、ならば仕方がない。私も無理やりに聞き出すつもりはない。……ただ貴殿の実力を見る限り、相当な強敵と戦うためにこの大会に出場したのではないのか？」

「……えぇ、まぁ……遠からずって感じですね」

「やはりか。私は貴殿の試合を観ていて、そう思ったよ」

「……」

「……すまない、また無神経なことを聞いてしまったな。今の話は忘れてくれ。私としたことが、少し焦ってしまったようだな。許してほしい」

「いえいえ、気にしないでください。……俺の方こそ、変な空気にしちゃってごめんなさい」

「貴殿が謝る必要などないさ。むしろ私が謝罪すべきことだ。不快な思いをさせてすまなかった」

そう言って謎の人は深く頭を下げた。……なんとなくこの人が何を考えているのか、わかってきたかもしれない。この人は多分だけど、俺に対して何かしら特別な感情を抱いているんだろう。だからこそ、俺の目的を知りたいんだと思う。それを聞くまでは絶対に離れないぞと、そんな意思を感じる。

「……あのぉ」

「ん、なんだ？」

「お姉さんってもしかして俺のファンですか？」

「……どうしてそう思う？」

「いやぁ、なんかそんな風に見えたんで」

「ふむ、そうか。貴殿にはそう見えてしまったのか」

「はい、そうですけど……違うんですか？」

「まぁ……遠からずだな」

なんとも意味深な言葉だな。いや、先ほどの俺のセリフへの意趣返しか？……どちらにせよ、これ以上この話題に触れるのはよくなさそうだ。

この人は俺のことを見つめているが、その瞳にはどこか悲しげな光が見えるような気がする。あまり触れられたくない過去があるのか、それとも単に恥ずかしがっているだけなのか。それはわからないが、とにかく今すぐに話を変えるべきだろう。

「そういえば、今日は天気が良くて空が綺麗ですね」

「ん、あ、あぁ、そうだな……？」

……最悪だ、なんだその話題。もっと良い話題があっただろう。クソ、あまりコミュ力がないということが、今の会話からこの人にバレてしまったじゃないか。だが彼女は特に気分を害した様子もなく、空を見上げながらこう呟いた。

「……そうだな、本当に綺麗だ」

その横顔はとても美しくて、思わずドキッとしてしまう。……やっぱり、この人は俺のことを知っているのだろうか。もしかすると俺の気のせいではなく、この人は俺が知っている人なのかもしれない。

「あの……失礼を承知で聞きますが、ひょっとしてあなたは俺の知り合いですか？」

「……ふッ、ノーコメントでお願いしよう」

「あはは……」

先ほどの俺のセリフと、全く同じセリフ。うーむ、やはり思った通り、彼女は少しだけ俺をからかっている様子だ。意趣返しも多いし、間違いないだろう。

だがそれと同時に「もしかしたら？」という気持ちも湧き上がってくる。何故なら彼女の表情はどことなく、俺が知っている人物……そうあの日に戦った少女に似ている気がしたからだ。だがあの人は今はどこにいるかも不明であり、そもそも生存さえもわかっていない。だから彼女があの人である保証など、どこにもないのだ。

「……どうした？　私の顔をジィーっと見て」

「え!?　あ、いやその……」

「フム、もしかして私に見惚れていたのか？」

「ち、違います！」

「そうか、残念だな。私は結構モテるんだがな」

「えぇ、そうでしょうね！　超美人だし、スタイルも良いから!!」

「ハッハッハ！　正直者め!!　そういうやつは嫌いじゃないぞ！！！」

豪快に笑う女性。あぁ、ダメだ。これは完全にペースを握られている。だが不思議と嫌な感じはしないんだよな。……いかんいかん、この人のペースに乗せられてはいけない。俺はあの人と再戦をしたいんだ。そのためにこの大会に参加したのであって、決してナンパをしに来たわけではないのだから。

「ところで、貴殿はテイマーだったな」

「えぇ、そうですよ」

「ならばひとつ質問なのだが、もし自分のモンスターに負けたらどうする？」

「……負けませんよ、俺は」

「ほぅ……随分と自信満々だな」

「はい、だって俺は最強を目指しているので」

「そうか。では仮に貴殿が最強になったとき、そのときはどうする？」

「それは……」

最強の座についたら……か。

「……すみません、ちょっとよくわかりません」

「そうか、まぁ仕方がないな。私もよくわからん」

「……え？」

「ただ私が思うに、どんな形でもいいから自分より強い存在と戦うべきだと私は思う。それがたとえ敗北という結果に終わるとしても、それはきっと糧になるはずだからな」

「……な、なるほど」

「……まぁ貴殿がこれから先、どう生きていくのかは貴殿次第だ。だがこれだけは忘れないでほしい」

「……忘れないでほしいこと？」

「あぁ、そうだ。……貴殿は決してひとりではないということをな」

「……どういう意味ですか？」

「そのままの意味さ。貴殿は今まで孤独であったかもしれないが、それでも心の中では仲間がいたはずだろう。……そしてそれは今もなお、貴殿の心の中で生きている」

「……そう、かもしれませんね」

「そうだとも。それに貴殿が思っている以上に、人は案外簡単に死ぬものだ。……だからこそ、貴殿の周りで死んでいった者たちに感謝を忘れずに生きていけ。貴殿の命を救った者たちのためにも、貴殿は絶対に死ねないのだからな」

「……はい、ありがとうございます」

大事な仲間、か。追放された俺にとって、最も大事な仲間はシセルさんたちだ。だが彼女たちを失うということは、正直考えられない。なんたって彼女は世界最強であり、俺の召喚獣たちも同じく最強なのだから。でももしもの時は、俺が守ればいいだけだよな。そのためにももっと強くならないと。

「……貴殿は少し変わったな」

「そうですか？」

「あぁ、出会った頃の貴殿とは大違いだ。……だが、悪くはないと思うぞ」

「出会った頃って……ついさっきですよ？」

「ん、あぁ、これは失敬。そういえばそうだったな、ハハハ」

怪しい。なんだ、この人。どう考えても、彼女は俺との関係性を持っている。それもかなり濃厚であり、昔の俺のことを知っている人であると窺える。だがしかし、俺は彼女のことをどうにも思い出せない。

「あのぉ」

「なんだ？」

「本当に申し訳ないのですが、お姉さんのことはどうも覚えていないんですよ。多分ですけど、どこかで会ったことがあるような気もするんですが……」

「ふむ、やはりそうか」

「やっぱり知ってたんですね」

「あぁ、知っていたとも。何せ貴殿と私は昔、一度会っているのだからな」

「そうなんですか？……ちなみにいつですか？」

「ふふ、それは……またの機会に話そう。何、そう遠くない未来だ」

「はぁ……？」

いったいこの人は何を言っているのだろうか。確かにいつかは話してくれるのかもしれないが、どうして今ここでそれを離してくれないのだろうか。うーむ、考えても考えてもさっぱり理解できない。もしかして俺が鈍感なだけなのか？……いや、そんなことはないはずだ。現に俺の勘は当たっていたわけだし、俺が鈍いなんてことはないはずだ。うん、大丈夫。……多分。

「そろそろ時間だな。では、私はこれで失礼しよう」

「え、もう行っちゃうんです？」

「フッ、これ以上ここにいたら色々と面倒なことになってしまうからな。それでは貴殿、また近いうちに会おう」

「え、あ、ちょっ！」

「さらばだ！」

「あ……」

颯爽と去っていった女性。結局、名前も聞くことができなかったし、顔も見られなかった。……というかあの人、結局誰だったんだろう。すごく綺麗な人だったし、もしかすると有名人だったりするのか？

「まぁいいか」

とりあえず今は大会に集中しよう。それにしても、あの人とはどこかで再会するような気がするな。

「あ、そうだ。……連絡先くらい聞いておけばよかったかな？」

少し惜しいが、仕方のないことだ。おっと、集中力が削がれているぞ。次の戦いに集中だ。次の試合相手は先ほどの筋肉達磨なんかよりは、さすがに強い相手だろうからな。ただ基本的にどんな相手であっても、俺の相手ではないだろうが。どれだけ凄まじいパワーがあっても、さすがにあの邪神ほどの実力は有していないだろうからな。

次の試合相手はどんな相手だろうか、実力云々よりも相手の人格の方が気になってくる。人格者であれば、召喚獣を使って本気で相手をしよう。もしもこれまで戦ってきたようなクズであったならば、適当にこれまでのように俺ひとりだけで屈辱的な敗北をプレゼントしてやろう。俺の希望としては、そろそろ人格者と当たってみたいものだ。さすがに連続でクズを相手にするとなると、俺の不運に思わずため息を漏らしてしまう。

「お、試合が終わったな」

そんなことをしているうちに、今試合がひとつ終了した。この試合の勝者と戦うワケではないが、それでも気になるためによく観察をしておく。勝者は……ごく普通の戦士、といった風貌の男だ。個性は特になく、強いて言えばピンク色の甲冑《かっちゅう》を着こんでいるくらいだろうか。

何はともあれ、そろそろ俺の出番が近い。そろそろ控え室に戻るとしようか。

◆

俺は息を整えてコロッセオに向かった。決勝の相手は……黒いローブを纏った男だ。

「北門から入場！　まさか彼がここまで勝ち上がるとは!!　見たことのない魔術筋肉を見せたる!!　アルガだァ!!」


実況に促され、俺はコロッセオに立つ。

歓声は俺を侮辱するようなもの……ではなく。

「期待してるぜ!!」

「ここまで来たのなら、お前は実力者だ!!」

「アタシたち、新たにファンになりますわ!!」

「お前こそ、マジックマッスルの代名詞!!」

「強ェ魔術を見せてくれ!!」

観客たちは、ついに俺を応援しはじめた。

ようやく、俺の実力を認めたのか。

決勝まで上り詰めたのだから、嫌でも認めざるを得なくなったたか。円形闘技場《コロッセオ》にいる観客は、目測5万人以上。その誰もが、これから行われる試合に期待している。

「南門から入場！　身長不明！　体重不明！　名前不明！　キャリア一切不明!!　黒ローブの男

だ!!」

今度は黒ローブ男もやってきた。

無言で、不愉快な趣で。

「スゴいぞ!!」

「頑張れゾ!!」

「勝つんだぞ!!」

サクラたちも応援に困っている。

キャリアが一切不明であり、見た目も黒ローブ。そんなやつを応援するなど、困難な話だ。

「……おい、アイツ……本当に決勝まで上り詰めたんだよな?」

「……ああ。ここに立っているってことは、そういうことなんだろ」

「で、でもよ……。俺、あいつの試合覚えてないぞ?」

「……俺もだよ。というよりも、ここにいる観客は誰も覚えていないんじゃないか?」

「で、でも……おかしいだろ!! 数千人が観ている中で戦って、誰もその内容や決着を覚えていないなんて!!」

「……だから、誰もアイツのことを蔑《さげす》んだりしてないだろ。あまりにも不気味すぎて、アイツを蔑む勇気がないんだ」

なんと、不思議な話だな。と驚く俺も、コイツの試合内容は一切記憶がないのだが。こんな黒ローブの目立つ男、出場していたら覚えていると思うのだが……不自然なほどに覚えていない。記憶が欠落していると言うよりは、端からこんな男が出場していなかったような気配さえ感じる。

「……」

「……何か喋ったらどうだ？」

「……」

「……シャイな男だな」

「……」

「はぁ、これだからコミュ障は困る」

「………フッフッフッフ」

黒ローブ男は不敵に笑いだし、そのローブを脱いだ。最初に目に映ったのは、鍛え込まれた肉体。絞られた、鋼のようになった筋肉が、露わになった。だがその男の顔面は……異形の顔をしていた。

顔面は人間のソレとはまるで異なり、イソギンチャクのような顔付き。触覚が何本も生えており、実に悍《おぞ》ましくて気色が悪い。冒涜的という言葉は、コイツのようなものに対して使うべき言葉だろう。

「……キサマハユルサナイ」

「なんだ、言葉が通じるじゃないか」

「キサマハワレラガドウホウヲ、イダイナルチチヲコロシタ。ユエニカナラズヤジゴクヲミセテヤル」

「やはりお前、邪神の仲間か？」

「キサマニワカルモノカ!!　コレハワレラニトッテノサイゴノキボウダ!!」

「そうかい」

「シネェ!!」

瞬間、俺は拳を構えた。その刹那、触手が伸びてきた。それをギリギリで回避し、俺はその触手を殴って破裂させていく。触手の数はどんどん増えていき、俺は避けることで精一杯になってしまう。

このままでは埒があかない。

「クソっ!!　ウジャウジャと!!　面倒臭い野郎だな!!」

「オマエガシネバイインダッ!!」

「お前も死ね!!」

俺は魔力を溜め込み、それを一気に解き放つ。すると触手は全て吹き飛び、ついでに黒ローブの男も吹っ飛んだ。

「おぉっと!!　気が付けば試合が始まっていますねェ!!　本来のルールでは違反行為ですが、今回は例外としましょう!!　さぁ、思う存分戦ってください!!」

若干例外的ではあるが、試合は開始された。

◆

実況の許しが出たところで、俺は黒ローブの男に向かっていく。そしてそのままラッシュを浴びせ、タコ殴りにする。だがそれでも、やつは倒れない。全力で殴れば拳の威力で会場が粉々に破壊されてしまうため、全力で殴っていないことも理由のひとつではあるだろうが……コイツは俺の予想よりも少しだけタフなようだ。ただタフとはいっても、かの邪神には遠く及ばないレベルではあるが。あの邪神を鉄だとすれば、コイツは精々《せいぜい》……プラスチックほどの固さしか有していない。柔らかくはないが、決して堅牢というほどではない。そんな感じの防御力を有していた。

「しぶとい野郎だな!!」

「グォオオオッ!!」

黒ローブの男は大きく叫び、ローブの中から大量の触手を出した。それは俺に絡みつき、自由を奪ってしまう。

「くそっ!!」

「シネ!!」

「死ぬのは貴様だ!!」

俺は全身に力を込め、その拘束から逃れようとする。少しだけ力を強めた瞬間、拘束していた触手は弾け飛んだ。まるで風船が吹き飛ぶかのように、あまりに小気味良く爽快に破裂した。……なんというか、拘束力が弱いな。もう少し強めに縛ってくれないと、何の効果もないんだけどな。

「……アァ?」

「なんだ？　俺を殺すんじゃなかったのか？」

「ナゼダ!?　ナンデコンナニチカラガアッタンダ!!」

「理由はふたつ。ひとつ目は俺のステータスが表示されないくらい強くなっているから。ふたつ目はお前がザコだからだ」

「ア、アリエナイ!!」

「じゃあ試してみるか？　俺の全力パンチ」

「キサマハバカカ？　ワイショウナニンゲンゴトキノチカラ、ワレニツウジルハズガナイダロウ」

「その矮小《わいしょう》な人間によって、偉大なる邪神とやらは滅んだんだが？」

「グガァアアアアアア!!　ダマレダマレダマレダマレダマレダマレェエエエエエ！！！！」

なんだコイツ、煽りに弱すぎるだろう。信者たちは邪神のことを上位存在だのなんだのと言っていたため、コイツもその上位存在の仲間なのだろうが……こんなに煽りに弱いやつのどこが上位なのだろうな。この程度の煽りで顔を真っ赤にするだなんて、全然上位でもなんでもないだろう。全然下位の存在と言えるし、何だったら人間よりもずっと下の存在だ。

「グゥ……ワタシハイダイナルジャシンノケンゾク、イダイナルワガドウホウガシンダノモ……ナニカノマチガイダ!!　ユダンサエシナケレバ、キサマラワイショウナニンゲンゴトキハラクショウデカテタノダ!!」

イソギンチャク野郎は俺から距離を取り、魔法を唱えだした。

「【慄然《ボグ・》タル海獣《グラ》】」

すると、地面から巨大なミミズが這い出てくる。全長5メートルを超える、巨大なミミズをイソギンチャクは召喚した。

「なんだ、ただの召喚術じゃないか」

「グハハハ!! コレガタダノショウカンジュツニミエルトハ、サスガハワイショウナニンゲンダナ!! ケイガンガカケテイル!!」

イソギンチャクは嬉しそうに、ミミズを撫でる。なんというか、シュールで……気色の悪い光景だ。

「コイツハイダイナルドウホウノヨウタイ、『魔造獣《ビースト》』だ」

「……センスのないネーミングだな」

「コイツハツウジョウノショウカンジュウニクラベテ、アットウテキニマリョクヲクウソンザイダ。ソレニニンゲンゴトキニハマルデアツカエナイ、ジャジャウマナセイカクヲシテイル。ソレユエニショウカンジュウゴトキトハクラベモノニナラナイホド、コイツハツヨイノダ」

「ほぉ、普通の召喚獣よりもずっと強いのか」

イソギンチャクは片手を上げ、コロッセオの一角を指差す。

「ツヨサノヘンリンヲ、ソノメニヤキツケテヤロウ」

イソギンチャクの声が静けさ漂うコロッセオに響く。それが合図だったのか、ミミズの1匹が先端部分に炎の魔力を溜め始めた。

ミミズは明らかに、観客席に照準を向けている。

「え、なんであのミミズ、俺たちに向かって魔力を溜めてるんだ?」

「まさかとは思うけれど……ミミズの強さを見せるために、アタシたちに魔力砲を放つつもりじゃない?」

「仮にそうだったとしても、観客席には結界が張られているんだぜ？　どんな魔術でも、ここまで届かねェって！」

「で、でも……仮に結界を破るほどの威力だったとしたら？」

「その時は……ミミズの力を証明するための、便利な小道具として死んじまうんじゃねェか⁉」

おそらく、観客の推測は……正しい。

「……まさか、お前──」

「──ヤレ」

放たれる熱線。

魔力を圧縮し、火属性を付与した熱の暴力。

摂氏10万度以上。コロッセオの結界など、容易く粉砕するだろう。コロッセオに直撃すれば、観客席の半分以上が溶解してしまうことは想像に難くない。

「……やれやれ、この人非人《にんぴにん》が」

自分の実力を示すために、光線を放つなんて……コイツには人の心がないのだろうか。あ、いや、そりゃないに決まっているか。何たってコイツは全身のシルエットこそ人間に似ているが、その実態は完全に人外の存在なんだものな。当然ながら、人間の心なんて持ち得ていないか。

さて、そんなことよりもこの状況は、いったいどうしたものだろうか。別に俺には彼ら観客を救おうだとか、観客を犠牲にするなんてひどいだとか、そういったことは正直あまり思わない。確かに哀れだとは思うが、同時に他人なのだから死んだって特に何かを思ったりはしないのだ。だがここで彼らに何のアクションも起こさずに、俺への評価が下がることはできれば避けたい。故に彼らを救うという選択肢を取ることが、事実上俺に残された唯一の選択だ。

「……仕方ない、救ってやるか」

ため息を吐き、次に息を大きく吸う。肺の限界値を超え、胸がパンパンになるまで空気を吸い込む。その様はまるで、フグのようだ。

そしてギリギリまで吸った空気を、今度は思い切り吐き出した。まるでサイクロンのようにゴウゴウと吐き出される息はドリルのように錐揉《きりも》み回転をしている。そんな突風が熱線へと進んでいき、そして熱線と衝突する。

パァンッッッ！！！

と、凄まじい音がした。これまでの人生で聞いたこともないような、トンデモない爆発音がした。ソレと同時に、熱風が闘技場内に吹き荒れた。いったいどうなったのか、目を開けようにも砂埃がひどくてうまく前が見えない。

「グゥ……オノレオノレオノレ！！！」

突然さらなる突風が巻き起こり、砂埃が消え去った。視界がクリアになり、目を開けるとそこには熱線はどこにもなかった。観客席の破損も一切見られず、死人も同様に確認できなかった。つまり俺の突風で、熱線は消えたのだ。

「お、おい……い、今何が起きたんだ？」

「熱線で……いや、アイツの息で熱線が消えたのか……？　いや、でも……あんなに凄まじい熱線が、息で消えたっていうのかよ！？！？」

「そ、それよりも……あのイソギンチャク野郎、俺たちのことを殺そうとしてきたよな!! ソレも意味なく、あのミミズ野郎で焼き殺そうとしてきたよな！？！？」

「あの野郎……マジで許せねェ。人の命のことを、いったい何だと思っているんだよ!! 本気で腹立ってきたぜ!!」

「アルガ!! お願いだ!! ソイツを殺してくれェ!!」

観客は命を脅かされたからか、皆一様に俺の勝利を突然願ってきた。まぁその反応は、予想できたことだ。人間っていう生き物は現金なもので、自分の味方になってくれた人の味方になる傾向が強いからな。ソレがたとえどんな容姿や思想をしている人でも、これまで蔑んできた人だとしても、平気で手のひらを返して応援をしだす生き物だからな。

イソギンチャク野郎の顔面はイソギンチャク故に表情を読み解くことが非常に困難だが、その表情が怒りに満ちていることはなんとなく察することができた。体はプルプルと震わせており、触手も全てがピクピクと痙攣しているかのような動作をしている。足の触手だって同じく、ピクピクと揺れ動いている。人間で言うところの、怒りでワナワナしているという状態に近いことは察せられた。

「キサマァア！！！」

「うるさい」

イソギンチャクが激昂し、こちらに向かってきた瞬間――俺はイソギンチャクの目の前に移動し、その勢いのままに拳を顔に叩き込んだ。イソギンチャクの顔が、陥没する。鼻血が噴き出し、そのままイソギンチャクは倒れ伏す。いや、イソギンチャクなのに鼻血が噴き出すという表現はおかしいと自分でも思うが、ソレでもそうとしか形容できないのだから仕方がないだろう。

そしてそれと同時に、佇んでいるミミズにも拳をお見舞いする。こちらは声を発することもなく、そのまま爆発四散して絶命した。見た目通り、防御力はあまりにも低かったようだ。召喚獣のレベルまで低いとは、どこまでも救えないな。

「グハァ……ナゼダ……ナンデワタシノホウガ、オマエヨリモツヨイノニ……ナンデ……コンナノ……アリエナイ……」

「そもそも、その前提が間違っているな。冷静に考えて、邪神をも倒した俺はお前よりも何万倍も強いハズだろう？　お前の言葉から察するに、お前は邪神よりも格段に劣るのだから」

「チガウ……チガウ……ワタシハツヨイ……マケテイナィ……ソンナコト……ユルサレテイナインダッ……!!」

「……何を言っているんだお前は」

イソギンチャクの言動が支離滅裂になっている。まるで薬物中毒者のような……いや、薬物中毒者のソレよりも遥かに症状が進行しているように見える。

「オマエハ、オマエハ――――」

壊れたラジオのように同じ言葉を連呼するイソギンチャク。その姿は最早、ただの狂人と変わらない。いや、ソレ以上に恐ろしい存在だ。ここまでくるともう、人外というよりかは悪霊の類だ。

「……で、次はどうするんだ？」

【混迷《ブス》なる深海《クラ》】!!」

イソギンチャクが魔法を唱えると、かろうじて人間の形をしていた右腕が変化する。ボゴボゴと甲殻のようなものが右腕を覆い、まるでカニの甲殻のような籠手《こて》がイソギンチャクの右腕を覆った。

「カイノソンザイデハアルガ、ワタシモジャシンノヒトハシラ!!　キサマノヨウナニンゲンゴトキニハ、マケルワケニハイカナイ!!」

「……で？」

「フッ、ヤハリショセンハニンゲン、イダイナルジョウイソンザイタルワレノコトバガリカイデキナイカ。ノウガオトッテイルタメニ、ソノリカイリョクハトボシイトミエル」

「……何が言いたい？」

「コウカクデオオワレタワガミギウデ、ソノハカイリョクハコレマデノヒニナラナイレベルニトウタツシタ!!　コノホシノドンナブッシツデアッテモ、イマノワレヲフセグコトハカナワナイダロウ!!」

「……回りくどいな。結論をさっさと述べろ」

「コノコブシデ、キサマヲコロス!!」

イソギンチャクは拳を振るってきた。その大ぶりな攻撃が俺に届くはずもなく、あまりにも容易く避ける。そしてイソギンチャクの拳は地面に激突して、コロッセオを真っ二つに割った。石畳の地面に大きな亀裂が生じて、まるでピザをふたつに割るようにコロッセオが真っ二つに割れたのだ。

「はァ？　コロッセオが割れたぞ⁉」

「な、何だよ、あの破壊力！？！？」

「ここのコロッセオって結界魔法が施されているから、普通の石よりもずっと頑強なのに……ソレを真っ二つにするなんて、バケモノじゃない‼」

「あんな怪物、どうやって勝てばいいんだよ……」

観客どもは慄いているが、俺はそうではない。こんなコロッセオを真っ二つにすることくらい、俺なら小指ひとつで行える。こんなこと如きで驚くなんて、観客たちは楽しい人生を歩んでいるんだな。

「グハハハ‼　キサマニミライハナイ‼」

「……」

「ココデブザマニミニクク、シヌガヨイ‼」

「……観客に煽てられて良い気になるなんて、お前のどこが上位存在なんだよ。いわゆる下位の存在に驚かれて喜ぶなんて、そんな上位存在見たことも聞いたこともないぞ」

「グハハハ‼　アオッテモムダダ‼　キサマノシハスデニケッテイシテイルノダカラナ‼」

「……まだわからないのか」

イソギンチャクが殴りかかってくる直前――スパンッ。俺は手刀で、イソギンチャクの右腕を切り落とした。

「ナッ――」

「――いい加減、受け入れろ」

ボトッと地面に落ちる右腕。

それはカニの甲殻に覆われており、緑色の体液を流していた。なんともグロテスクで、なんとも悍ましい。汚らわしく、冒涜的だ。

「ワ、ワレノミギウデガァアアアアアアアアアアアアアアアアアア！？！？！？！？！？」

「……邪神と言っても、所詮はこの程度か」

俺の目の前で蹲《うずくま》り、右肩を撫でるイソギンチャク。肩から下の腕は既にないというのに、名残惜しそうに肩を抱きしめている。なんとも惨めで、どうにも上位存在には見えない滑稽な姿だ。背中を丸めて右手を抱えているせいか、どこか哀愁が漂っていて……抱いてはいけないとわかっているのだが同情心をついつい抱いてしまう。

それにしても……なんともあっけない必殺技だったな。てっきり、その見た目から防御力も格段に上昇していると思ったのだが、バターを切るよりも容易く切断することができた。俺の手刀が鋭いということもモチロンあるのだろうが、それ以上にコイツの必殺技が攻撃力に特化しすぎていて防御力が欠けていたということが一番の要因と言えるだろう。見た目の割にあまりにも脆く、そして情けない必殺技だったな。

「グゥウウウウウウウ！！！！」

「どうした、腹でも減ったのか？」

「ダマレダマレダマレ!!　ワイショウナルニンゲンフゼイガ、コノワレヲキズツケルナド……バンシニアタイスル!!　キサマダケハカナラズ、ジゴクニタタキオトシテヤル!!」

「傷つけられるような、柔な肉体をしている方が悪いんじゃないか？　せっかく上位存在に生まれたんだから、もっと強くならないといけないんじゃないか？」

「ダマレダマレダマレェエエエエエエエエエエエエエエ！！！」

図星だったのか、イソギンチャクは癇癪《かんしゃく》を発散するかのように泣き喚いた。おいおい、見た目がグロテスクだというのに、その内面は子どもみたいだな。どこまでも歪で、どこまでも醜い生き物だな。いや、上位存在なのだから……生き物ですらないのか？

何はともあれ、今のコイツは怒りで冷静さを欠いている。上位存在だというのになんとも情けなく、そして無様な姿だとは思うが同時にこれは好機だ。冷静さを欠いた敵ほど、倒しやすいヤツはないからな。このまま邪神を煽り散らすことも楽しいと言えば楽しいだろうが、観客たちへの被害を考えるならばさっさと倒した方が先決と言えるだろう。

「イソギンチャク野郎、そろそろ終わらないか？　この無駄に長い戦いを」

「ソウダナ、キサマノシヲモッテオワラセヨウ!!」

そうして、イソギンチャクは魔法を唱えた。

「【狂気じみた青《ドラ・ハイ》】【這いずり回る水精《ンダ・ゴン》】【超越せし水神《トタ・クア》】」

イソギンチャクの肉体は、さらに人外のソレへと変化した。上半身がフジツボに覆われ、一見するとブツブツの岩。下半身の触手からはトゲが生えて、見た目通り刺々しい見た目に。左腕はカニの鋏《ハサミ》のようになり、さながらシオマネキのように。

魚人でさえも嫌悪感を抱くほどに、醜悪な海の亡者。それがイソギンチャクの最終形態だった。

「多連詠唱《シークエル》か」

「ニンゲンニハトウテイフカノウナギホウ、キサマニハアマリニモマブシスギルダロウ!!」

《魔強の唄《マジック・ソング》》《魔強の唄《マジック・ソング》》《魔強の唄《マジック・ソング》》」

「ナッ、ドウシテキサマモツカエルノダ!?!?!?」

「言っただろう、俺はカンストしている。故にあらゆる魔法だって使えるんだ」

ステータスが表示不可能になった時点で、俺には魔法の才能が芽生えた。即ちこの世界中のあらゆる魔法が、使えるようになったのだ。今イソギンチャク野郎が使用した魔法だって、普通に使えるだろう。


「なんだよ……あの醜いバケモノ」

「気色悪ィ……しかも、あいつに俺たちは殺されそうになったんだよな……」

「アルガ選手！　あの怪物を殺してくださいまし!!」

「アルガ選手！　応援してるぜ!!」

醜悪な怪物を前にして、観客は一段と俺への声援を強めた。

「キサマダケハゼッタイニユルサナイ!!　コノチカラヲモッテ、ワガドウホウヲコロシタツミヲエイエンニツグナワセテヤル!!」

「そうか、できるものならやってみろ」

そしてイソギンチャク野郎は魔法を唱えた。コロッセオが揺れ、大気が震えるほどに濃厚な魔術が醸し出される。

「《最上級の水球《ハイドロ・ボール》》」

イソギンチャク野郎の上空に、出現したのは……漆黒の水球。墨汁のように黒く、ヘドロのような悪臭が漂ってくる。

「キサマラノセカイノマホウデ、ホウムッテヤロウ」

「御託《ごたく》は良い」

魔法陣を発動。

そして上空に形成されるは、10メートルの漆黒の火球。火属性最強の魔法、《黒焔の祝福《フレイム・ベリアル》》を発動した。

「ホォ、ニンゲンニシテハタイシタマホウジャナイカ。ダガショセンハカトウナセイメイタイノマホウ、ワレノマホウニハトウテイオヨバナイ」

「さっきも言っただろう。御託は良いから、さっさとかかってこい」

そして——

「死ね」

「シヌノハキサマダ!!」

火球を投げた。水球が投げられた。

ぶつかり合う火球と水球。膨大な魔力を有したふたつの魔術によって、様々な天変地異《てんぺんちい》が発生する。

大地は揺れ大雨が降り注ぎ、暴風が巻き起こり雷が落ちる。

「す、スゲェ!!」

「け、けど……クセェ!!」

「イソギンチャク野郎の《最上級の水球《ハイドロ・ボール》》が元々クセェのに、アルガ選手の《黒焔の祝福《フレイム・ベリアル》》で蒸発してるから……クセェのが風に乗ってこっちまで来てるんだ!!」

「しかも、クセェだけじゃなくて……雨に混じってタコとかアサリとか降ってきてねェか?」

「イソギンチャク野郎が海系の魔法を唱えてやがるから、海の生物が呼ばれてると勘違いして、暴風に混じってやってきたんだろ!!」

「ともかく、スゲェ戦いだな!!」

「って、おい! 見ろよ!!」

「アルガ選手の魔法が、イソギンチャク野郎の水球を……蒸発しきったぞ!!」

観客たちの歓声通り、俺の魔法がイソギンチャク野郎の魔術に勝利した。火球が水球を全て蒸発し、イソギンチャク野郎へと向かってゆく。

「ナッ!? ウワッ!?」

情けない声と共に、イソギンチャク野郎に火球が直撃した。雨や雲を蒸発させるほどの大爆発が起こり、天変地異は収まった。

「グァァア!!」

「やはり生きていたか」

爆煙の中から、イソギンチャク野郎が顔を出した。

しかし、その姿は……凄惨。

上半身を覆っていたフジツボの鎧は禿げ、一部の皮膚がケロイド状に。下半身のタコの足は全て焼け千切れ、今では歩くことも困難。シオマネキのような左腕は甲殻が剥がれ、焼け焦げた皮膚が露わになった。

総じて満身創痍《まんしんそうい》。どうやら再生系のスキルは有していなかったのか、自動的に傷が再生するなんてことも起きない。つまりズタボロの状態で、俺の前に再度顔を出したことになる。

「ドウシテ……ワイショウナニンゲンゴトキニ、ワレガヤブレルノダ!?!?　リカイデキナイ!?!?」

「まだわからないのか?」

「キサマハワカッテイルノカ……?」

目の前の怪物は、泣きそうな表情で俺に答えを懇願してくる。あまりの火炎による激痛で、虚勢を張る元気もないのだろう。

「……情けない生命体だ」

焼け焦げて禿げた頭を、優しく撫でてやる。

「お前はいくつものスキルを有しているな?」

「ア、アァ、ソウダ。ワレハジョウイソンザイデアルガユエニ、キサマラニンゲンヨリモハルカニスキルヲユウシテイル。……ダガソレガ、ナニカカンケイガアルノカ?」

「確かにそれはスゴいことだ。だがしかし、それがお前の弱点でもある」

「ドウイウイミダ……?」

ため息を吐き、続ける。

「ひとつひとつのスキルのレベルが、あまりにも低すぎる」

「……ナニヲイッテイル……？」

「お前は多くのスキルを有しているが、それが故に慢心してしまったのだろう。スキルを鍛えることを怠り、多くのスキルを有していることに優越感を抱いて胡坐《あぐら》をかいていたのだろう。どれだけスキルを有していたとしても、スキルのレベルが低ければ何の役にも立たないというのに」

質より量とはよく言うが、スキルには当てはまらないようだ。

「ソノテイドノコトデ……ワレハマケタノカ!?」

「結果を受け入れろ」

「ワレハジョウイソンザイ、イダイナルアンコクノカミノヒトハシラ!! キサマノヨウナスコシバカリツヨイニンゲンヨリモ、アットウテキニスグレテイルノダ!! ソウダ、キサマハナニカフセイヲオコナッテ――」

イソギンチャク野郎の左腕を切り落とす。

「グ、ギャァアアア！！？！？！？！？」

「いい加減認めろよ。人間の強さを」

イソギンチャク野郎の頭を掴み、地面に叩き付けた。

「グ、グゥウウウウウウウウウウウウウウウウ……！！？！？？！？」

「どうだ、地面とのキスの味は」

「ギュゥウウウウウウウウウウウウ……！？！？！？！？」

まだ理解できていないらしいな、俺とコイツの実力の差を。仕方がないため、手刀で顔面の肉を一部削いだ。

「ギャァアアア！？！？！？！？！？！？！？」

「ダ、ダマレ!!　ワレハサイキョウナノダ!!　ワレコソハ――」

「醜い叫び声だな、無様で滑稽で……どこまでも救いがないな」

「観客の声に耳を傾けてみろ」

イソギンチャク野郎の頭を掴み、観客に向ける。彼らは怒りの表情で、イソギンチャク野郎を睨んでいた。

「イソギンチャク野郎！　早く死ね！」

「テメェのせいで、死ぬところだったんだぞ！」

「逃げるな！　死ぬ前に弁明しろ！」

「アルガに謝って、早く死ね！」

「死ね無能！」

観客たちは心ない罵倒を、容赦なくイソギンチャク野郎にぶつける。いかに上位存在といえども、そんな罵倒は耐えがたいのかプルプルと体を震わせている。おいおい、マジでメンタルが豆腐だな。

俺の煽りに簡単に乗ったり、観客の罵倒に心がくじけそうになったり……なんとも情けない生き物だ。

「お前には、もう価値なんてない。誰ひとりとして、お前を応援などしない」

「ダマレダマレダマレ、ダマレェ!! ベツニワレハオウエンヤショウサンナド、ヒツヨウトシテイナイ!! キサマラワイショウデオロカナニンゲンカラノソレナド、フヨウナノダ!! バトウサレタカラトイッテ、ベツニオチコンデナドイナイノダ!!」

「図星かよ。情けないな」

ため息を溢す。コイツは俺たち人間のことを散々下に見ているが、俺たち人間からすればバカで愚かで矮小なのはどう考えてもコイツの方だ。特に人間よりも劣っていることや圧倒的にメンタルが豆腐なことを自覚していない点が……特に愚かに感じられる。それでいてプライドが高いため、本当の本当にどこまでも救えない存在だな。こんなヤツ、生きている資格なんてないだろう。

それにコイツは邪神のことを同胞などと言って、口では敬意を示しているように見えるが……態度的には邪神さえも見下しているように窺える。だがその実力はどう見積もっても、あの邪神の足下にも及ばない。邪神の実力を100とした場合、コイツは精々……1か2といったところだろうか。とてもじゃないが、同格だとは思えない。コイツのプライドがあまりにも高すぎるため、そう言ったところで聞く耳を持たないだろうが。

「さて、イソギンチャク野郎。マジでそろそろ終わらせるぞ」

俺はそう言って、拳をギュッと握り締める。魔力を拳に乗せて、暗黒のオーラを拳に込めた。そんな俺の姿を見て、イソギンチャク野郎は少しばかり身を強張らせた。

「フッ、オワラセルダト？　ワラワセルナ⁉」

「強がるな、素直に恐れていると言ってみろ」

「ダマレダマレダマレ！！！！」

「……もう喋るな」

そして俺は脱兎の如く駆けて、一瞬にしてイソギンチャク野郎の懐に潜り込んだ。そしてそのまま

―


「最期に言い残したことはないか？」

「ダマレダマレダマレ――」

「……聞いた俺がバカだったな」

拳を思い切り突き出した。

「グベラァアア！？！？！？！？！？！？」

爆発四散。イソギンチャク野郎はたくさんの肉片を巻き散らして、即死した。地面にはたくさんの肉片が散らばり、鮮血が地面を赤く染める。なんともグロテスクで、なんとも呆気ない末路だったな。

最期の最期まで、無様で滑稽だったな。

「お前の敗因は自分の弱さを認められず、自己評価が高すぎたことだ。邪神よりも弱いことを素直に認め、敗北を認めていればなんとか生き永らえた未来もあったかもしれないのに。……まぁ、お前のような不浄な存在、絶対に逃がしはしなかっただろうけれどな」

ツバを吐き、俺は実況に目を向ける。

「勝者!! アルガ選手だァアア!!」


実況が俺の優勝を宣言すると、歓声が響き渡る。

「スゴいぜ!! アルガ選手!!」

「あの醜い怪物を倒すなんて!!」

「人外になった男を倒すなんて、スゴすぎますわ!!」

「さすがだぜ、アルガ選手!!」

「アリガトーォ!! 素晴らしい試合を!!」

「アリガトーォ!! すごい試合を見せてくれて!!」

「アリガトーォ!! 最高だったぜ!!」

「アリガトーォ!!」

「アリガトーォ!!」

「アリガトーォ!!」

感謝の声援が鳴りやまない。命を救われたことへの恩義、悍ましい怪物を倒してくれたことへの感謝、そして素晴らしい戦いを繰り広げてくれたことへの感動。そんな感情が入り混じった感激の声が、闘技場に響き渡る。それはどこまでも心地が良くて、そして俺の気分を爽快にさせるものであった。

叶うならば、こんな歓声がずっと続けばいいのに。そう思わざるを得ない、素晴らしい歓声であった。

「……良いものだな」

俺は片手を天に突き刺す。すると歓声はさらに大きくなり、まるで空気を割るかのように響き渡った。あぁ、最高の気分だ!!

◆

「やぁ、貴殿。素晴らしい戦いだったな」

俺が観客席で黄昏れていると、またしても先ほどの女性が話しかけてきた。先ほどから黄昏れているたびに、ソレも試合が終わった直後に毎度毎度話しかけてきて……もしかして俺に気があるのか？いや、そんな感じには見えないな……。残念だ、少しだけガッカリしてしまう。

さて、ソレはともかくだ。この女性からは何か妙な違和感を覚えるんだよな。何だろう……まるで仮面を被っているような感じだ。まあ、ただの直感だし気にしなくても良いか。そんなことよりも俺に毎度毎度話しかけてくるなんて、彼女は暇なのだろうか。彼女のことは何ひとつとして知らないが、仮にそうなのだとすれば少しばかり同情してしまう。俺以外に話す相手がいないから毎度俺を探して話しかけているとすれば、それは……あまりにも悲しいことだ。

「……頑張ってくださいね」

「な、何がだ？　何故、憐憫《れんびん》の眼差しを送っているんだ？」

「……うん、俺でよければ話し相手になりますから」

「や、やめろ!!　その目をやめろ!!」

そんな茶番はともかく、毎度毎度彼女が話しかけてくる理由は普通に気になる。まさか本当に俺のことが好きだなんてことはないだろうし、その真の理由を知りたいのだ。恐らくヒントとなるのは、彼女に対して抱いた違和感だろう。何故だかわからないが、彼女に対しては非常に言語化の難しい違和感を抱いてしまう。まるで何か重要な記憶が欠落しているかのような、そんな妙で嫌な感じの違和感を抱いてしまう。

だがそのことは、正直聞きづらい。「あなたに対して違和感を抱いてしまうんです、その理由がわかりますか？」なんて質問をする勇気はどうにも俺にはない。そんな質問をするヤツに対して抱く感情なんて、頭のおかしなヤツというモノになるだろうから。逆に俺がそんなことを聞かれれば、確実にそんな感情を抱くから。

「……貴殿、ひとつ聞いても良いか？」

「ん、あぁ、なんでしょうか？」

「貴殿は何故、先ほどの試合で魔物を使わなかった？　貴殿はテイマーなのだろう？」

「えっと……そうですね、端的に述べると……使いたくなかったんですよ」

「ん、どういうことだ？」

「あんな下賤なヤツと戦わせてしまえば、俺の魔物たちが汚れてしまうと思ったんですよ。あんなクズ野郎を相手に、俺の魔物は使いたくなかったんですよね」

「……なるほど、貴殿は魔物想いなのだな」

「あはは、そうなん……ですかね？」

確かに魔物の使い方が荒い、という評価は受けたことがないな。かといって魔物想いだとか、そういった評価も受けたことはないのだが。何はともあれ、そういった評価を受けて……素直に嬉しいな。こう、なんというのだろうか、心の中が温かくなるような気がする。

「そういえば、次は決勝戦だったな」

「えぇ、そうですね。決勝戦でくらい魔物を使ってもいいような、清廉潔白《せいれんけっぱく》……ってほどは求めませんけれど、せめてクズ以外の相手と戦いたいものですね。ここまでテイマーだっていうのに、全くといっていいほど魔物を使用してきませんでしたから」

「ふふ、それもそうだな。……その願い、叶うといいな」

「えぇ、期待したいです」

何故かわからないが、女性は含み笑いをしてきた。何かを隠しているかのような、まるで彼氏にサプライズプレゼントを渡す前の彼女のような、そんな楽しそうな笑いをしている。よくわからないが、彼女が楽しそうで何よりだ。

「そういえば貴殿、ルクミ・ミルクティアという女性を知っているか？」

「えぇ、もちろんです。世界最強のテイマー、俺の憧れの人物ですよ。というか俺以外にその人のことを覚えているなんて、珍しいですね」

「あぁ、そうだな。彼女は一線を退いて早数年、今日日《きょうび》彼女の話は聞かなくなったからな。我も久方ぶりに彼女の名前を出したよ」

「でも……何故、彼女の名前を急に？」

「ふふ、貴殿の戦いを見ていると……彼女のことを思い出してな。かつて我と戦った、彼女の……戦いをな」

「へぇ、あなたも昔戦ったことがあるんですね。実は俺もあるんですよ、残念なことに……ボコボコに負けちゃいましたけれどね」

「だが、今の貴殿であれば、彼女にも勝てる。その自信があるんじゃないか？」

「あはは……そうですね、ソレを確かめるためにこうして大会にエントリーしました。もしかしたら彼女がエントリーしているかもしれない、そう考えてエントリーしたんですが……残念なことに彼女には出会えませんでしたけれどね」

「ふふふ、そうかそうか。だが……彼女はサプライズが好きだ、もしかすると今後出会えるかもしれないぞ？」

「でも彼女は見たところ、エントリーもしていませんでしたよ？　今さら彼女に出会うなんて……難しいと思いますよ」

「あのイソギンチャクだって事前にエントリーしていなかったのに、その特殊な魔法で無理やり準決勝まで上り詰めたのだ。だったらルクミだって、エントリーをしていても不思議ではないだろう？」

「それは……そうですけれど……」

この人は何を言いたいのだろうか。何故そんな質問をしてくるのか、何故俺に変な期待を抱かせようとしてくるのか。正直、まるで理解ができない。

「……もしかして、ルクミさんの知り合いか何かなんですか？」

「え、あ、い、いや、それは……その……」

「前に戦ったことがあるとかなんとか言っていましたけれど、もしかしてその時に連絡先を交換したりしたんですか？　あるいはソレよりも以前から、知り合いだったんですか？」

「え、えっとだな……。ま、まぁいいじゃないか!!」

「……怪しいですね」

急にシドロモドロになって、困惑しだす女性。その様は明らかに怪しく、そして明らかに挙動不審《きょどうふしん》だった。一体全体何がしたいのか、さっぱり理解できないな。

「……」

「きょ、今日はいい天気だな!!　あはは、あはは……」

「……そうですね」

天気は快晴、だが俺の心は曇りだ。正直拭いきれない不信感を、先ほどの問答で彼女に抱いてしまった。天気の話をするだなんて、絶対にやましい何かを隠しているだろう。天気の話をするやつは会話のネタがないか、あるいはやましい出来事を隠しているかの2択なのだからな。彼女は先ほどから何かと俺に話しかけてくることから前者はないとして、間違いなく後者だろう。急にシドロモドロになったり、絶対に何か隠し事をしているに決まっている。

ソレも俺が一番気になっている、ルクミさん関係の話を隠し持っているに違いない。彼女の情報ならばどんな情報でも聞いてみたいが、彼女の反応から察するに絶対に教えてはくれないだろうな。いやもしかするとしつこく問いただせば教えてくれるかもしれないが、あまり女性にしつこく物事を問うことは好きではないのでやめておこう。

「……わかりました、ルクミさんのことは教えてくれないんですね。そのことに関しては詳しく追求することは、申しませんよ」

「……助かる、そしてすまないな」

「いや、いいんですよ。……そんなことよりも、ずっと気になっていたんですが……あなたはいったい何者なんですか？　保有する魔力量、そして隠しきれないパワー。どう考えても、ただの闘技大会好きではないですよね？」

「おっと!!　本当に空が綺麗だな!!」

「……つまりコレも黙秘ですね」

「……すまないな」

なんとも秘密の多い女性だ。これ以上何を聞いたとしても、もしや何も教えてくれないのではないだろうか。俺のことはよく知っているというのに、それはあまりにも……不公平じゃないだろうか。と、そんな風に思ってしまう。

俺も叶うことならば、彼女のことを知りたい。もちろんやましい感情は一切なく、純粋にこれほどのパワーを有する人のことを知りたいと思ってしまうのだ。シセルさんに匹敵……とはさすがにいかないが、それでもこの世界でトップクラスに強いことは間違いないであろう彼女の実力を知りたいと願う。どうしてそこまで強くなったのか、果たして彼女は何者なのか、そういったことを知りたい。

「貴殿はかなり強いだろう？」

「え、まぁ……そうですね」

「ここまで勝ち進んできたんだ、謙遜する必要はない。貴殿は間違いなく最強に近いし、今後も敗北することは少ないだろう」

「……どうも、ありがとうございます」

「だが……ソレでも優勝は難しいかもしれないな」

「……え？」

何だ、その発言は。俺の強さを見抜いておいて、優勝が難しいだと？

「あの……お言葉ですが、俺はかなり強いですよ？」

「あぁ、ソレはもちろん存じている。貴殿のこれまでの戦いを見てきたが、その実力は間違いなく最強クラスだ。ソレは誰もが認める、間違いない事実だろう」

「今回の闘技大会もそうですが、これまでも結構強敵たちと戦ってきたんですよ。邪神っていわれるこの星のどんな生物よりも、格段に強力な魔物だって討伐したことがあるんですよ。他にも色々な魔物や人間を相手にしてきましたし、自分で言うのもなんですけれど俺はメチャクチャ強いですよ？」

「そうだろう、貴殿が弱いハズがない。貴殿から感じ取れるパワーは、我が接してきた人間の中でもトップクラスだからな」

「そんな俺が……優勝できないかもしれない、と言うんですか？」

「……あぁ、残念だがな」

これまでに数々の戦いを観戦してきたが、正直俺に匹敵するような強者は見受けられなかった。どんな出場者もせいぜいがS級上位クラスの実力しか有しておらず、ハッキリ言って俺からすれば……ザコ同然の連中ばかりだった。かつての俺ならばともかく、今の俺だったら彼らを相手にすれば一瞬で戦いが終わってしまうことは明白だった。

もちろん、例外はある。イソギンチャク野郎のようにどこからともなく現れた者など、決勝戦で予期せぬイレギュラーは生じる可能性は考えられる。だが邪神やイソギンチャク野郎をも倒した俺にとって、どんな敵が出場しようとも……正直敵にはならないだろうと思う。シセルさんレベルの敵が出場しない限りは、俺は苦戦することもないだろう。

「貴殿が強いことは重々承知している。だがこの先、楽に勝てるとは思わない方がいい」

「……そうですか」

「無論、我の助言を聞き入れるも入れないも貴殿次第だ。だが聞き入れておいた方が、貴殿にとっては幸せな選択だと思うぞ」

「……わかりました」

納得はしていない。だがしかし、完全に疑っているワケでもない。自分でも不思議なことだが、ほとんど初対面のこの人の言うことをほんの少しだけでも留意しておこうと考えている自分がいる。

とりあえず、この人の言っていることは覚えておこう。記憶の片隅にでもしまっておこう。万が一の場合ということも、可能性として考えられるからな。

「……というか、どうしてそんなことを教えてくれるんですか？　もう一度聞きますけれど、あなたは……何者なんですか？」

「そ、空が綺麗だな‼」

「……本当にそうですね」

正直、意味がわからない。仮に決勝で俺よりも強い相手が出場することを知っていたとしても、ソレを俺に教えるメリットがどこにもない。俺と彼女は所詮他人なのだから、教えたところでいいことも特にないのだから。

彼女の狙いが理解できない。まるで何ひとつとして、さっぱり理解できない。

「おっと、もうこんな時間か‼　では、我はこれで失礼するよ」

そう言って、彼女はイソイソとその場を去った。まるで急いでいるかのように、俺のもとから一刻も早く離れたがっているかのように。

「……マジで何者なんだよ」

俺の会いたいルクミと出会ったことがあるという経歴、そして隠しきれていない実力。ソレらふたつがあまりにも不可解で、あまりにも理解が難しい。俺に話しかけてきた意図も不明だし、動機に至っては何ひとつ理解できない。とどのつまり、彼女のことは何ひとつとして理解できない。

ひとつだけわかるのは、彼女が俺に対して悪い感情を抱いていないということだ。俺に悪意を抱いているのであれば、俺に慢心するなと忠告を行う必要などないものな。仮に決勝戦でトンデモないバケモノが出場することがわかっていたら、俺に悪意がある場合は絶対にそのことを教えたりはしないだろう。俺だったら、そうする。

彼女の正体はわからない、だが彼女のことは、不思議と嫌いになれない。これが恋……いや、違うか。さすがにほぼ初対面の相手に一目惚れするほど、俺は若くはない。そんなものは学生時代で卒業した。

「決勝戦まで時間があるな。シセルさんたちと少しだけ、話でもしてくるか」

そう呟いて、俺は席を立った。彼女たちのもとへと、向かった。

◆

「――ってていう話があったんですよ」

俺は観客席にいた、シセルさんとレイナのもとへと向かった。ふたりは静かに観客席に座っており、これまでの俺の試合をバッチリ観戦してくれていたようだった。

そんなふたりに対して、俺はこの大会であった様々な出来事を話していく。クズとしか戦っていないこと、邪神の同胞を名乗るザコと戦ったこと。そして、謎の女性と出会ったことを。

「へぇ、その女性は強いの？」

「ええ、べらぼうに強いですよ。保有する魔力量、内包した筋肉、そして醸し出されていた強者感。どれをとっても一流、どれをとっても、最強格でしたよ」

「それってシセルさんよりも強そうだったんですか～？」

「いや、さすがにシセルさんには及ばない……と思うぞ。いやでも……結構僅差っていう感じもしたから、戦略次第ではシセルさんをも凌駕するかもしれないな」

「へぇ……それ、戦いたいね」

シセルさんは日々強者を求めている。故に今回の大会で自分に匹敵するかもしれない強者と出会ったといえば、当然のようにそのような返事が飛んでくるだろう。この返答に関しては、正直予想がついていた。

だが謎の彼女は気まぐれで、いつ会えるかなんてわかったモノではない。俺が出会えたのも相手から近づいてきたからなので、自分から会いに行くことはいささか難しいと言えるだろう。あとシセルさんが本気で戦えば、この闘技場は大惨事になってしまうのでソレは正直……避けてほしい。

「……その女性、顔はどうだったんですか？」

「深くフードを被っていたから、顔なんてわからん。声色と雰囲気で女性だと思っただけで、実際の性別さえも不明だしな」

「そうですか!!　それは良かったです!!」

何が良かったのだろうか、なぜレイナの表情は朗らかなのだろうか。その辺に関しては、まるで理解できない。まぁ別に……理解するつもりもないのだが。

「そういえば、その女性は闘技大会に出場していないんだよね?」

「多分そうだと思いますよ。ただ邪神の同胞のようにエントリーしていなかったハズなのに、いつのまにか参戦していたっていう例外がいたので……正直、その辺に関してはなんとも言えませんね」

「そっか……もしも参戦していないんだったら、ちょっと探してこようかな。私に匹敵するほど強いっていうんだったら、ものすごく興味があるからね」

「それは別に構わないですけれど、せめて俺の試合が終わってからにしてくれませんか?　次の試合、俺の決勝戦ですし」

「ふふ、それもそうだね」

せっかくの決勝戦なのだから、シセルさんとレイナには試合を見てもらいたい。ふたりは大事な仲間なのだから、俺の勇姿を最後まで見届けてほしいのだ。そんなエゴを抱いてしまうのだ。

「これまでの戦い、アルガくんは魔物たちを使っていないよね?　それは相手が全員、使うに値しない連中だったから?」

「えぇ、そうです。ただ、いい加減、魔物を使いたいですね。コイツらだって体が鈍っているでしょうし、少しくらい運動させてあげないとですしね」

「私も戦いますよ!!」

「そうだな、レイナも頑張ってくれ」

「はい!!」

次の試合まで時間は……まだもう少しあるな。もうちょっとだけ話をして、試合に向かうとするか。

◆

「お待たせしました!! ついに!! ついに!! ついにこの時がやってきました!! これより、決勝戦を開始します!!」

あれから1時間後、ついにこの時がやってきた。闘技場は歓声が支配しており、熱狂という言葉が何よりも相応しい。

「北門から入場! キャリア一切不明!! だがその美しき戦いは、皆を魅了する!! 謎の女性の入場だ!!」

実況が紹介した途端、野太い声がコロッセオ中にこだまする。なんというか、男臭い。

「がんばれぇえええ!!」

「素敵ですぅ!」

「美しいぞ!!!!」

「頑張ってくださーい!!」

邪神の同胞を語る謎の生命体のときと同じく、一切の情報が不明なのでサクラたちが頑張って応援をしている。だが女性ということも相まってか、純粋なおじさんたちも大勢応援をしているように窺える。いや、そんなことよりも――

「彼女……え、マジか……?」

闘技場に上がってきたのは、これまで試合が終わるたびに話しかけてきた女性だった。フードのせいで顔こそわからないが、背格好や装備が全く一緒なので同一人物と見て間違いないだろう。いや、だが……どうして彼女が、出場しているんだ?

確かに彼女は強い、だがこれまでの戦いにおいて彼女の姿は確認できなかった。となると、邪神の同胞を語る生命体と同じく、謎の力を用いて無理やりエントリーしたということになるのか。となると……彼女の謎がますます深まるな。

「彼女のことは後ほど聞くとして、俺もそろそろ行くか」

南門から一歩踏み出し、コロッセオの中心へと向かう。さて、俺にはどんな声援が待っているのだろうか。

「続いて南門から入場！　謎の生命体を屠り倒す真の実力者!!　アルガだァアアア!!」

俺に浴びせられるのは……。

「マジカルマッスル!!」

「ダーク筋肉見せてくれ!!」

「覚醒したらマッスルベルノー賞！」

「バリバリ暗黒ナンバーワン!!」

準決勝で皆の命を救ったことも相まって、数々の声援が届いてくる。もちろんそれはサクラのソレではなく、ちゃんとした声援だ。俺に対して、応援の意味がこもったマジモンの声援だ。第1回戦ではありえなかったが、さすがに決勝ともなれば歓声も熱を帯びてくる。正直、すこぶる気分が良い。

「……先ほどぶりですね、お姉さん」

「隠していてすまなかった。だが、我はサプライズ好きでな……貴殿を驚かせたかったのだ」

「そうですね、驚きましたよ。でも……どうやって、決勝戦に参加したんですか？　あなたはこれまで、参戦さえもしていなかったじゃないですか」

「まぁ……色々とあったんだよ」

「そう……ですか」

どうやら詳細は話してくれなさそうだ。いや、別に構わないのだが……少しだけ寂しい。

「それで……決勝戦でも、その格好で戦うんですか？」

「……いいや、ふふ。貴殿はきっと、驚くと思うぞ？」

「？　どういう意味ですか？」

フードを深く被っているため、その表情は窺い知れないが……彼女はどこか、笑ったような気がした。

「貴殿、ルクミ・ミルクティアは知っているな？」

「え、えぇ。もちろんです。テイマーだったら、誰だって知っていますよ」

「そうか、それなら話が早いな」

「世界最強のテイマー、ルクミ・ミルクティア。使役する魔物はどれもこれもがSSS級であり、本人自身も相当な実力を誇る。まさしく完全無敵の、あまねく全てのテイマーの憧れですよ」

「そ、そうか。い、いやぁ、嬉しいな」

「……嬉しい？」

ルクミ・ミルクティアと友人関係にあるから嬉しい、という意味か？　俺には友達がいないからわからないが、友達が褒められることはそんなにも嬉しいのか。そうか、友達って結構……良いモノなんだな。

だがそれにしても、喜びすぎだろうと思う。照れたように体をクネクネさせて、表情ははっきりとは見えないが、時折にんまりと上がった口角がちらりと窺える。友達が褒められたくらいで、ここまで喜ぶモノなのだろうか。いやはや、理解に苦しむな。

「そうかそうか、貴殿はそんなにもルクミ・ミルクティアのことを尊敬しているんだな。そうかそうか、それは……気分がいいな!!」

「はぁ……。というか、俺だけじゃなくて、全てのテイマーが尊敬していると思いますよ。彼女以上の才能を持つテイマーなんて、この世に存在しないでしょうし」

「あはは、そんなに褒めないでくれ!!　照れるじゃないか!!」

「……えっと、どうしてあなたが照れるんですか？　いくら友達が褒められているとはいえ、本人じゃないのにそこまで照れるのは……いささか不可解なんですが」

「え？　……そうか、まだ気付いていないのか」

クックックと、彼女は笑いだす。フードを深く被っているからか、その様は妙に不気味だった。その鈴を転がすような美しい声色とは対照的に、俺は少しばかり鳥肌が出てしまう。

どうしたんだろう、そんな悪役みたいな笑い方を急にして。確かに彼女の格好は不気味で不可解そのものではあるが、それでも悪役というには遠い存在であると直観的に理解できている。彼女との接点は少ないのだが、それでもなお、なんとなく彼女の本質が悪ではないことは理解できた。故に今の笑い方は、ひどく違和感を抱いてしまう。

それに今発言した、「気付いていないのか」という発言だって、かなり疑問が残る。俺が何に対して、気付いていないというのだろうか。自分で言うのも何だが、結構察しは良い方だと自負しているのだが。そんな俺にも、気付けないことを彼女はしでかしているのだろうか。

「気付く……何に対してですか？」

「貴殿、我の正体が何か知りたくはないか？」

「いえ、別に」

「そうだろう、そうだろう。さぞかし気になるだろう――え？」

「ですから、別に気になりませんけれど……」

「い、いやいや、え？　気にならないのか？　正体不明の美少女の真の姿を、拝みたいとは思わないのか？」

「えぇ、別に……」

彼女の正体なんて、別に何だって構わない。確かに正体を知れば、「おぉ？」と驚くことにはなることだろう。だが、それだけだ。それこそ「実は私はルクミ・ミルクティアでした」などといったレベルでなければ、大してなんとも思わないだろう。

彼女は強い、それだけで別に構わない。正体がルクミ・ミルクティア以外であれば、別に大した驚きにもならない。ただ少しだけ感嘆の声を上げる、それだけだ。

「そ、そうか……貴殿はやはり変わっているな。あの頃から、何も変わっていないな」

「あの頃？　俺たち、出会ったのはついさっきですよね？」

「そうか、やはりまだ気付いていないのだな。この我の正体に」

「ですから、別にあなたの正体なんて――」

「ふふ、これを見ても同じことが言えるか？」

そう言って、彼女はコートを脱いだ。

その顔は――

「……………………………え？」

美しい銀色の髪に金色の瞳、そしてスレンダーで美しい体つき。身長150センチほどと比較的小さい身長に、比較的幼い顔立ち。特殊な性癖の人々にとっては、ヨダレが出るほどタイプの見た目をしている。俺は……彼女を見ても特に食指が動いたりはしないが。女性のタイプなんて別に言うほどないが、強いて言うならば年上のお姉さんタイプが好きだからな。特に胸と尻がドーンと突き出た、巨乳安産型のお姉さんが強いて言うならばタイプだ。故にロリタイプな彼女は別にタイプではないので、彼女の体を見て興奮したりはしない。

おっと、話がそれた。彼女に対して劣情を抱くだの抱かないだのは、どうだって構わないことだ。今大事なのはそんなことではなく、彼女の正体だ。

俺は彼女をよく知っている。いや、俺以外であっても、テイマーであれば彼女のことは必ず存じ上げている。彼女はテイマー界において、伝説の存在なのだから。彼女のことを知らないテイマーなんて、この世に存在しないのだから。知らないテイマーがいれば、ソイツはモグリなのだから。

「久しいな、アルガ」

凛とした口ぶりで、鈴を転がすような美しい声で、厳しくも疑問の含まれた声色で語るのは、ひとりの少女。彼女の名前はルクミ・ミルクティア。史上初にして史上最強のＳＳＳ級テイマーだ。記憶の中の彼女の姿と、相違がない。

「え、う、うそ……アレって……ルクミ・ミルクティア⁉」

「ま、マジかよ!?!?　い、生きていたのかよ!?!?」

「数年前から失踪して、その行方を眩ませていた彼女が戻ってきたのかよ!?!?　それも現役最強

と名高い、あのアルガと決勝をするのかよ!?!?!?」

「あぁ、覚えているぜ。……あの時の戦いの再現じゃねェかよ!?!?!?!?!?」

観客たちは大興奮の嵐だ。その歓声が一気に、高まる。そしてその熱は、俺も同じだった。

「ま、マジか……。ど、どうして……?」

「簡単なことだ、貯金がなくなったのだ」

「ちょ、貯金……?」

「うむ、貯金が尽きたから闘技大会に出場した。ただそれだけのことだ」

「あ、そうですか……」

随分とドラマチックに欠ける理由だな。そこは俺との再戦を望んでいて、出場したとか言ってほしかった。まぁ、それは別に構わない。

「さて、そんなことよりもだ。お話をすることもいいが、そろそろ始めないか?」

「……ルクミさん、俺強くなりましたよ」

「あぁ、知っている」

「今度は負けませんよ」

「ふ、そうか。だが今回も勝利するのは、この我だ」

俺たちは、お互いにニヤッと笑う。

そして――

「試合開始ィイイイイイイイイイイイイイ!!!!!!!!」

◆

「来い!!」

試合開始と同時に、俺は3匹の魔物を召喚した。そう、見た目こそ恐ろしいが頼りになり優しい、邪神戦でも重宝した3匹の魔物を。

「ラドラァ!!」

「ケガァ!!」

「ピキー!!」

3匹の調子は絶好調、といった感じだ。これまでずっと戦えなかったからか、その実力を披露しようとやる気に満ち溢れている。3匹とも目はギラギラと燃えており、鼻息を荒くしている。ルルに関しては目も鼻もないため、その様子を窺うことはできないのだが。

そして3匹を召喚した途端、観客たちがザワめきだした。俺がテイマーだったことに驚いている……というワケではなさそうだ。なんというかそのザワめきや驚きは、3匹に寄せられている。ルクミさんに関しても、同じく動揺をしている。

「え、何なの……あの邪悪そうな魔物たち」

「まるで悪魔みたいな、いや……それよりもずっと恐ろしい魔物じゃない……。あんな魔物を使役しているってアイツ……何者なのよ……」

「大丈夫……なのか？　アイツを野放しにしておいて、本当に大丈夫なのか？　あんな魔物を使役しているんだから、国家に反逆するような危険な思想を有しているに決まっているだろうし……。いずれ国家転覆などを起こすんじゃないか？」

「今のうちに殺しておいた方が、安全じゃないの？　この戦いで勝利したら、私たちを殺しにかかってくるんじゃない？」

　おいおい、好き勝手言いやがるな。確かにコイツらは見た目こそ禍々しくて邪悪だが、その本質は優しくて穏やかなのだ。そちらから攻撃を加えなければ、特に何もしないさ。それを見た目だけで勝手なイメージを押し付けるなんて、ひどい連中だな。これだからレイシストは困る。

「随分と……恐ろしい魔物を使役しているんだね」

「……あなたも見た目だけで、勝手なイメージをおしつけるレイシストなんですか？　差別主義はもう時代遅れですよ？」

「い、いやいや、何を言っているんだ!?　確かに見た目が恐ろしくて驚きはしたが、それでも畏れを抱いたりはしないさ!!　それに純粋に、貴殿の魔物は見たことがないから……どこで使役したのか、気になるんだよ!!」

「それなら……まぁいいですよ」

　その発言の真偽はわからないが、本心であると信じるとしよう。さて、それよりも……配合のことを話すべきか否か、少し悩んでしまうな。おいそれと話すようなことでもないし、ここは黙っておくべきか。

「ノーコメント、ってことで納得してください」

「ふふ、秘密主義者だな。ただまぁ……我もあまり人のことは言えないがな」

「え、ソレはどういう意味ですか？」

「ふッ、見てからのお楽しみ、とでも言っておこうか。さて、そろそろ……我も召喚しようか」

そう言って、ルクミさんは右手を地面につけた。ルクミさんの魔力量が爆発的に上昇する。その量はシセルさんに匹敵、いや……それ以上の量だ。あまりにも膨大で莫大な魔力が、ルクミさんの中で膨れ上がった。そして――

「来い!!　ミルドラ!!」

地面に巨大な魔法陣が浮かび上がる。そしてそこから、1匹の魔物が姿を現した。いや、それは魔物と言うにはあまりにも――人間的だった。

「クククッ、何用ですか。我が主人よ」

ソレのシルエットは、あまりにも人間に酷似していた。髪は黒く、手足は細い。身長は180センチほどで、燕尾服《えんびふく》を着用している。人間のソレと違う点は、背中から生えたコウモリを彷彿とさせる翼があることだろう。

ソレの有する魔力量は、ルクミさんに匹敵する。つまり人類最強であるシセルさんよりも、少しだけ多いのだ。つまり俺よりも、ましてや魔物たちよりもずっと膨大なのだ。そしてルクミさんよりも遥かに邪悪な魔力を有しており、何人かの観客がその魔力にあてられて気絶してしまっている。

ソレの正体は、すぐに理解できた。実物を見るのは初めてだが、その特徴的な翼と角で予想は瞬時

についた。そして同時に、背筋に冷たい汗が滲んだ。

「アークデーモン……ですか」

デーモンと呼ばれる魔物が存在する。それらは通常の魔物よりも圧倒的に強く、最も下位に位置するレッサーデーモンでさえもSSS級相当の実力を有するらしい。

そんなデーモンは、強さ順でいえば、レッサーデーモン↓デーモン↓グレートデーモン↓アークデーモンの4種に分けられる。本来はもう少し細かい分類がなされているのだが、今はどうだっていいことだ。

そしてデーモンは強い種であればあるほど、人間に近いフォルムをしているという特徴がある。つまりほとんど人間であるコイツは、間違いなくアークデーモンなのだ。これまでに7度歴史をリセットしたと畏怖されている、あの伝説の魔物なのだ。

「ほぉ、よく知っているな。だったらアークデーモンの強さも、当然わかっているな？」

「えぇ、もちろん……。7度にわたって世界を破壊し尽くし、そして7回も神を屠ったと言われる世界最強の魔物の一角……ですよね？」

「そう、正解だ。だよな、ミルドラ？」

「えぇ、その通りです。あの時はイライラしていて、いわゆる若気の至りというヤツでしたね。今はもう歳を取ったので、あんな非情なマネはしませんよ」

アークデーモンが言葉を発するたびに、背筋がビリッと震える。それは3匹も同様のようで、表情が強張っている。いくら邪神を屠ったとしても、あんなヤツはアークデーモンの足下にも及ばない。

アークデーモンは数多く存在する魔物の頂点に君臨する、まさしく厄災とも言える最強の魔物なのだから。

そんなアークデーモンに挑む……と考えると、少し心が慄いてしまう。情けないことだが、心が日和ってしまうのだ。邪神や勇者を倒したこの俺が、ビビってしまうのだ。

「だが……負けるわけにはいかないな」

ルクミさんには一度、敗北を喫している。あの頃の俺はまだまだ若く、そして今に比べると段違いに未熟だった。故にルクミさんに敗北したのも、仕方がないと言えるだろう。

だが、今は違う。俺は間違いなく、世界最強クラスの実力を身につけたのだ。あの頃にルクミさんに敗北したことと、今ルクミさんに敗北することでは全く意味が違うのだ。今敗北して仕舞えば、俺の心はずっと……劣等感に苛まれることになってしまうだろう。

故に今回は必ず、絶対に勝たなければならない。あの時の雪辱を、今ここで果たさなければならない。絶対に。

「スゴいですね、アークデーモンを使役するなんて。どんな手を使ったんですか?」

「何、単純なことだ。その辺で暇していたミルドラを、我が倒しただけだ。そしたらコイツは我に従うようになった、ただそれだけの話だ」

「ふふ、お恥ずかしいですね」

……つまり、ルクミさんはアークデーモンより強い、ということか。アークデーモン1匹だけだったらなんとか倒せただろうがソレよりも強いルクミさんが一緒だとなると……これはちょっと苦戦を強いられることになるな。

何はともあれ、邪神戦よりもずっと気合を入れないといけないいな。ルクミさんもあの頃よりも格段に、そして凶悪に強くなっていることは明白だ。だったら油断は絶対にできないし、最初から全力で戦う必要がある。

「そろそろ行きますよ、ルクミさん……!!」

「あぁ、いつでもかかっておいで!!」

そして俺たちは——同時に駆けだした。

◆

「ララ、【ドラゴンブレス】」

「ラドラァ!!」

「リリ、【紫電一閃】」

「ケガァ!!」

「ルル、【潰エタ希望】」

「ピキー!!」

地獄の業火にも匹敵する、無慈悲な灼熱のブレス。稲妻さえも凌駕するスピードの、強力な体当たり。闇よりも昏《くら》い、暗黒の光線。かの邪神にも通じた、最強クラスの攻撃をそれぞれ放つ。いかに最強クラスの魔物といえども、いかにアークデーモンといえども、この攻撃の嵐にはさすがに耐えられないだろう。

「ミルドラ」

「ふふ、もちろんわかっていますよ、主人。……ですが、少し厳しそうですね、手を貸していただけますか？」

「……あぁ、そうだな」

アークデーモンとルクミさんは、それぞれ手を取り合った。そしてブツブツと何かを呟いて、強大な魔法陣を形成した。そして――

「「【鋼晶防壁】」」

その魔法陣は鋼色になり、強力な攻撃の嵐を防いだ。灼熱のブレスは魔法陣を通らず、リリの体当たりは防壁に阻まれ、闇の光線はバリアを貫通できない。これまでに経験したことのない現象に、思わず息を呑んでしまう。当然のように無傷なふたりに対して、思わず絶句してしまう。おいおい、マジかよと無意識に呟いてしまう。

あの邪神にさえ通じた、俺たちの中でも最強クラスのコンビネーションだぞ。いかにアークデーモンが強力な魔物であっても、いかにルクミさんが最強クラスのテイマーであっても、おいそれと防ぐなんて想像していなかった。確かのあの防壁魔法は堅牢な魔法ではあるだろうが、それでも無傷で防がれるなんて思いもしなかった。これは……苦戦を強いられそうだな。

「おぉ、スゴいな。我たちの防壁が欠けてしまったぞ」

「ふふ、興味深いですね少年。我らの防壁は次元が断裂したときでさえ傷ひとつ付かなかったというのに、それを……まさか一撃で欠けさせるとは」

褒められても、屈辱的なだけだ。俺たちは全員、そう感じている。ルルはわからないが、俺を含めた2匹は歯軋りをしている。クソッ、バケモノめと思っている。

あれほど堅牢なバリアを形成できるということは、翻って考えると強力な攻撃も持ち合わせているということになる。そして俺たちには特筆すべき防御技なんて、持ち合わせていない。つまり……この戦い、結構マズいな。

「すごいですね、そのバリア。俺たちの攻撃を防ぐなんて、あの邪神でも不可能でしたよ」

「ふふ、そうだろうそうだろう。あの邪神とやらは存じ上げないが、一応我は最強のテイマーだからな。この程度、造作もないさ」

「その称号、本日で譲ってもらいますね」

「はは、あまりホザくなよ？」

そして俺とルクミさんは、共に駆けだした。俺は拳を、ルクミさんは剣を構える。そして——

「やァアアアアアア！！！！」

「はァアアアアアア！！！！」

交わる拳と剣。ルクミさんのレイピアのような細剣と、俺の拳がぶつかり合う。バチバチと火花が舞い散り、囂々《ごうごう》とソニックブームが地面を破る。拳に纏った魔力と剣に纏った魔力がぶつかり合ったことで、凄まじい衝撃が闘技場を襲った。地面は砕け、壁はひび割れる。観客たちの何人かは、吹き飛ばされてしまっている。

わかっていたことだが、凄まじい威力だな。俺の拳はあらゆる魔物を一撃で屠ってきたが、そんな俺の拳で折れない剣を使用して、なおかつ接戦してくるとは……史上最強のテイマーの二つ名はダテじゃないといったところか。剣に帯びた魔力は密度が凄まじく、練度が規格外だ。相当な修練を積まなければ、ここまでの領域にはなれないだろう。ステータスがカンストしていなければ、ここまで凄まじくはなれないだろう。まさしく、最強という言葉が相応しいな。

だからといって、譲るわけにはいかないが。俺は必死に拳を押し付け、剣を破壊しようと迫る。俺もステータスがカンストしている身、この勝負で負けるわけにはいかない。

「ふふ、引かないか!!」

「えぇ、勝ちますよ!!」

「だが……いつまでもこうしているわけにもいかないだろう。ここは大人の対応を見せようか」

そう言って、ルクミさんは数歩下がった。大人の対応だとか云々と言っていたが、その真の理由を俺は見逃していない。単純に俺の拳によって、ルクミさんの剣がミシミシ鳴っていたから手を引いたのだろう。とどのつまり、俺の拳がわずかながらルクミさんを凌駕したことの証明と言える。

今ので理解したが、俺とルクミさんを比べると僅かながら俺の方が強い。つまり勝利を分けるのは、魔物の強さだ。アークデーモンと俺の3匹、その差で勝敗は決してしまう。つまり……この勝負は3匹にかかっていると言っても、過言ではないのだ。

「さすがに強いな、だが……我も負けるわけにはいかないのだ」

「奇遇ですね、俺も同意見ですよ。勝つのは俺です」

だがそのことは、ルクミさんも既に気づいていることだろう。つまりここから先の勝負は、魔物にうまく指示ができた方の勝利となることだろう。

気合を入れよう。絶対に、負けないためにも。

「さて、そろそろ本気を出しますよ」

「ふふ、これまでは本気じゃなかったのか？」

「いいえ、これまで以上の本気っていう意味ですよ」

「そうか、では……コチラも」

そして俺とルクミさんは、同時に魔物へ指示を出した。

「ララ、【ドラゴンクロー】!!」

「ラドラァ!!」

「リリ、【ヘルフレイム】!!」

「ケガァ!!」

「ルル、【忌々シキ太陽】!!」

「ピキー!!」

ララによる光を纏った黄金の爪攻撃。リリによる地獄の焔の火球。ルルによる暗黒の太陽光線。全てが厄災クラスの攻撃が、アークデーモンに襲いかかる。邪神クラスの魔物でも大ダメージは必須な攻撃、果たしてどうするのか。

「ミルドラ、【暗黒波動】」

「えぇ、わかりましたよ主」

3匹の攻撃に合わせて、ミルドラは両手を正面に突き出した。そして両手の間に魔力エネルギーを充填し、充填し、充填し……暗黒の波動砲を放った。

「ラドラァ!!」

「ケガァ!!」

「ピキー!!」

「はぁあああああああ!!!!」

3匹の攻撃とアークデーモンの暗黒の波動が衝突し、凄まじい衝撃が巻き起こる。先ほどとは比べ物にならないソニックブームが起こり、闘技場は破壊しつくされる。地面は砕け、壁は割れ、観客のうち何割かは死にいたる。

そして光線と3匹の攻撃が晴れた時、やはりそこは地獄絵図が広がっていた。何人かの観客は危険すぎて帰ってしまい……そこに観客たちの熱気はほとんどない。

「お、おい……マジかよ……」

「海上が抉《えぐ》れて、もはや原形を留めていないぞ!!?!?」

「何人かの観客は死んでしまったし、大丈夫かよ……今回の試合!?!?」

「で、でもよぉ……俺、歓喜してンだわ。こんな凄まじい戦い、初めてだからよォ!!」

大惨事なのは会場や観客だけではなく、魔物たちだって同じだ。俺の3匹とアークデーモンだって、無傷では済んでいない。ララは鱗が剥がれ、出血が夥《おびただ》しい。リリも毛皮が千切れ、出血が夥しい。ルルは……見た目は特にダメージがなさそうだ。そんな大ダメージを負う3匹と同じように、アークデーモンもダメージを負っていた。手の爪は剥がれ落ち、皮膚は幾つか破れ、翼はもげてしまった様子だ。3匹と同じく出血は夥しく、眼球から血の涙を流してしまっている。少なくとも無傷、というわけでは決してないな。

3匹とアークデーモンの実力は、ほぼ拮抗している。互角と言っていい。そのことにはルクミさんも気付いている様子で、ニタッと笑っている。

「どうしたんですか、ルクミさん」

「いやぁ、楽しくてな」

「……自分と互角の敵に初めて出会えて、心底嬉しいのですか？」

「ふふ、貴殿は人の心が読めるのか？　全くもって、その通りだよ」

「あなたみたいな人と、以前に戦ったことがあるのでね」

戦うどころか、今では仲間になったのだが。

「ララ、【ドラゴンウィング】!!」

「ラドラァ!!」

「リリ、【ライトニングサンダー】!!」

「ケガァ!!」

「ルル、【悪ナル上位】!!」

「ピキー!!」

3匹に再び指示を出す。ララは翼をはためかせ、突風を起こした。リリは地獄の紫電を起こし、アークデーモンを穿《うが》とうと放った。ルルは暗黒の光線を放ち、アークデーモンを襲った。

3匹とも満身創痍の状態ではあるが、それでも俺の指示に従ってくれる。なんとも素晴らしい仲間を手に入れたものだ、素直に誇らしい。

「ミルドラ、【ダークトルネード】!!」

「えぇ、わかりましたよ!!」

アークデーモンは右手を振るって、漆黒の竜巻を起こした。囂々と砂塵《さじん》を巻き込みながら渦巻く突風は、3匹の攻撃に衝突する。バチバチバチと再び衝撃が起こり、被害はさらに甚大となる。死者はさらに続出し、闘技場はその形を保たなくなる。今ではもう、生きている観客の方が少ない。

「トンデモねェ……まるで神話みてェな戦いだな……」

「す、スゲェ……こんな勝負、初めて見たぜ……」

「テイマーって大したことのない職業じゃなかったのかよ……。こんなに凄まじい戦いができるなんて、聞いたことねェぞ……」

「この戦い、どっちが勝つんだよ……。マジで見当がつかねェぞ……」

「どっちもがんばれ!! どっちも勝てェ!!」

「ア・ル・ガ!!!!」

「ア・ル・ガ!!!!」

「ア・ル・ガ！！！！」

「ル・ク・ミ！！！！」

「ル・ク・ミ！！！！」

「ル・ク・ミ！！！！」


生き残った観客たちは、まるで神話の戦いのようだと畏怖し、そして俺たちのことを必死に応援する。俺のことを必死に応援する者、ルクミさんのことを必死に応援する者、両者を応援する者。

俺たちふたり、両者共に勝利する者の声も聞こえるが……残念なことに、その願いが叶うことは絶対にない。この戦いは俺とルクミさん、どちらかが敗れるまで終わることはないのだから。真剣勝負というものは、古今東西そういうものであると決まっているのだから。

そして、俺たちはお互いに退いたりしない。棄権など絶対に行わず、互いを打ち破るまで戦いを続ける。故に……俺たちは気づいていた。この戦いが、長くは続かないことに。


「……ルクミさん」

「……なんだい」

「……次で終わりにしませんか」

「……あぁ、いい提案だな。乗ったよ」


仲間の魔物たちは、お互いに満身創痍。故に長期戦を強いることは難しい。俺とルクミさんの実力は拮抗しているため、魔物を抜きに戦えばどうしても長期戦になってしまう。故にそろそろ……魔物がまだ生きているうちに、決着をつける必要がある。

そして俺たちは、構えた。奇しくも、その構えは同じだった。

「……似ていますね」

「あぁ、その通りだな。最後の一撃にかける格好が、お互いに人差し指を相手に向けるものだなんてな。貴殿には……シンパシーを感じるよ」

「ですけれど……絶対的な相違点がひとつありますよ」

「我が勝利する、我の方が強いということだな」

「勝利するのはこの俺、俺の方があなたよりも強いということです」

人差し指に、魔力が灯っていく。3匹は俺に魔力を注ぎ、俺自身の魔力も指先に球状に圧縮する。

圧縮、圧縮、圧縮、圧縮、圧縮。解放すれば爆発的なエネルギーを放つ魔力を、直径3センチほどにまで圧縮しまくる。そこからさらに、圧縮を重ねていく。魔力球の色は赤色から青色、そして紫色へと順に変貌を遂げていく。その邪悪さ、そして破壊力をより禍々しく変えていく。

ルクミさんも同様だった。俺と同じように、指先に魔力球を形成していく。アークデーモンから魔力を供給してもらい、自身の魔力も織り交ぜて圧縮していっている。圧縮、圧縮、圧縮、圧縮。俺と同じように、魔力の色は赤色から青色へと変貌を遂げる。俺との相違点としては、最終的な球の色が緑色になったことだろうか。それ以外はほとんど変わりない。

「お、おい……やばいんじゃないか……？」

「あんなヤバゲな魔力の塊、ぶつかり合ったら……これまでの比にならないほどの被害が出るぞ……」

「俺たちの命や闘技場はおろか、それこそ……この街が吹き飛ぶぞ！？！？」

「逃げた方がいいのは……俺も気づいている。だけど……この勝負の行方を知りたいという思いが、俺の移動を阻んでいるんだ!!」

「あぁ、俺も同じだぜ……。この勝負の決着を、俺は見届けたい!!　この身がどうなろうとも、たとえ死んでしまおうとも!!」

観客たちの覚悟は決まったようだ。だったら、彼らに配慮をする必要はないな。俺は全力で、これを放つとしよう。彼らの命がどうなろうとも、この国がどうなろうとも、彼らは決着を見届けたいという覚悟を決めているのだから恨んだりはしないだろう。

「ふぅ……」

さらに魔力を圧縮する。この星を消し去れるほどの魔力を注ぎ、さらにそれをギュッと圧縮していく。圧縮をしすぎて空間が若干歪む。これ以上圧縮をしてしまえば、ブラックホールが形成されてしまうだろう。故にこの辺でよしておく。

ルクミさんも準備は万端のようだ。ニカッと笑うルクミさんと、目が合った。俺も彼女に返事をするかのように、ニカッと笑う。

「行きますよ」

「あぁ、こちらこそ!!」

そして俺たちは、魔力を解放した。

「「【メーザー】!!」」

奇しくも、その技名は同じだった。そして技の見た目も、酷似していた。大気を切り裂く一閃の光線、相違点を挙げるとすれば俺の光線は青色でルクミさんの光線は赤色なことくらいだろうか。

光線が突き進むたびに、大気がプラズマ化する。バチバチと放電が起こり、何人かの観客が感電死する。まだ光線はどこにも当たっていないというのに、ただ突き進むだけでこの威力だ。

そして刹那、光線同士が互いに衝突した。

「ぐッッッッ！？！？」

「ぬぅッッッッ！？！？！？！？」

光線同士が衝突すると、空間が大きく歪んだ。トンデモない攻撃力と破壊力を誇るふたつの光線が衝突したのだから、それも当然のことだと言えるだろう。

空間にはヒビが入り、そしてガラスが割れるかのようにバリンッと音と立てて空間が砕けた。そして割れた空間の先に広がっていたのは、暗黒の世界。そう、ブラックホールだった。

発生したブラックホールは、あらゆるものを吸収しようとしてくる。砕けた空間の破片、闘技場の砂塵や瓦礫、そして観客たち。トンデモない吸収力で、様々なものを吸い込んでいく。俺とルクミさんはなんとか吹き飛ばされないように、必死に耐え続ける。

そんな天変地異が起きているが、俺とルクミさんはお互いに決して譲らない。光線に注ぐ力は緩めず、むしろ気合と力を入れ続ける。それによって空間のヒビはさらに広がり、ブラックホールも大きくなり続ける。何百人も死傷者を出しているが、それでも俺たちは互いに譲らない。勝利するまで、絶対に力は緩めない。

「はぁああああああああああああああああああああああああッッッッッッッッッッ！！！！！！」

「ぬぁああああああああああああああああああああああああッッッッッッッッッッ！！！！！！」

勝利は絶対に譲らない。この勝負、どちらかの魔力が尽きた方の敗北だ。

「す、スゲェ……と、トンデモねェ戦いだぜ……」

「俺たちも命を賭して応援するぜ!!」

「もう生き残っている方が少ねェけど、俺たちは最後まで生き残るぜ!!」

「頑張れ!!　ふたりとも!!　勝て!!」

観客の応援が俺たちの励みになる。この勝負、必ず勝ってみせる。

「はぁああああああああああああああああああああああああッッッッッッッッッッ！！！！！！」

「ぬぁああああああああああああああああああああああああッッッッッッッッッッ！！！！！！」

光線の衝撃波で天候は悪化する。雷雲が立ち込め、空は暗くなる。そして雨、雷が落ちてくる。雷に巻き込まれて、数人の観客は死んでしまう。

地面はひび割れ、大きな地割れが発生する。震度6程度の地震も発生し、建物は倒壊し始める。それに巻き込まれて、何人もの人が死んでしまう。

まさしく天変地異。そしてそれは、勝敗が近づいていることを示していた。

「はぁああああああああああああああああああああああああッッッッッッッッッッ！！！！！！」

「ぬぁあああああああああああああああああああああああああッッッッッッッッッッ！！！！！！

……ぐッ」

ルクミさんの光線が、ほんの一瞬だけ威力が落ちた。これまでの戦いから疲労が溜まっていたのか、それとも魔力が尽きそうなのか、その真意は不明だが一瞬だけ光線が緩んだのだ。つまり、チャンスが訪れたのだ。

「はぁああああああああああああああああああッッッッッッッッ！！！！！」

この機会を逃すまいと、俺は光線を一気に強めた。拮抗していた光線同士は徐々に俺の方が勢いを増していき、やがてルクミさんの光線を呑み込む。そして一気に、ルクミさんのもとへと飛んでいった。

「……ここまでか」

蒼い光線がルクミさんを呑み込む。そして、大爆発を起こした。

「……どうなったんだ……？」

舞い上がる砂塵を風魔法で吹き飛ばし、ルクミさんを確認する。そこにいた彼女は――

「……我の敗北、だな」

ドサッと地面に倒れるルクミさん。その表情は笑っているが、明らかに失神していた。すなわち

――


「勝者!!　アルガ!!　よって優勝者は!!　アルガだァアアアアアアアアア！！！！」

実況の叫ぶ声が、既に壊れてしまった会場に響き渡る。残りわずかな生き残った観客たちが、一斉

に沸きだす。俺の勝利を、全員が祝ってくれる。

「俺……ついにやったんだな」

願いを叶えた。それだけが、今は嬉しい。

◆◇◆◇◆◇◆

その後は色々と大変だった。

閉会式への参加や授賞式、そしてトロフィーの授与。さらに壊れた街の復旧作業に観客たちへのファンサービスや国王陛下への謁見《えっけん》などなど。全てが終了したのは、翌朝の8時だった。闘技大会のトータルの時間よりも、後処理の方がずっと時間がかかった。

ステータスがカンストしてスタミナには自信のあった俺だが、さすがに死闘を終えてからさらに徹夜を決め込むのは……少々キツい。もう目がシバシバして、脳みそがボーッとしている。今すぐにでも睡眠を取りたい。ここにベッドが来い。

「終わったな……アルガ……」

「えぇ……終わりましたね」

俺とルクミさんは拳をぶつけ合って、その場に座り込んだ。本来であれば決勝後の後処理はここまで時間はかかったりしないのだが、今回は参加者のほとんどが死んでしまったために俺たちふたりで色々と行わなければならなくなったのだ。あの死闘は決して後悔のあるものではなかったが……少しだけ、もう少し加減をすれば良かったとは思う。そうすれば、こんなに疲れ果てることもなかっただろうから。

「ここまで……長かったな」

「えぇ……1日ってこんなに長いんですね」

「あ、いや、そうじゃない。いや、それもあるが……我とお前の戦いまでの月日のことだ」

「あぁ……そうですね」

俺とルクミさんが最初に戦ってから、早数年。この間に色々とあった。そしてその月日は、いやに長く感じた。一刻も早くルクミさんと再戦をして、そして今度こそ勝利を収めたいと願っていたからこそ、日々が長く感じたのだ。そんな長く感じた月日が、今こうして終わりを迎えようとしている。

なんというか……感慨深いことだ。

あの時の悔しさも、あの時の妬みも、今はもう晴れた。ルクミさんに勝利するという、俺の人生史上最大級の悲願が達成されたからだ。俺の心に去来する思いは、清々しさしかない。なんてハッピーで、ラッキーな気分なのだろうか。

「……アルガ」

「はい、なんでしょう？」

「……今度こそは、我が勝利するからな」

「ふふ、ご冗談が上手ですね。今度も勝つのは、この俺ですよ」

そしてルクミさんは、立ち上がった。

「さて、そろそろ行くか」

「え、もうですか？　もっと……お話でもしませんか？　久しぶりに会ったんですから」

「なんだ、寂しいのか？」

「……えぇ、そうですよ。何年もの間、ずっと会いたかったんですから。もっとテイマー同士の濃くて深い話をしたいんですよ」

「……そうか、わかった」

そしてルクミさんは、再度腰掛けた。よかった、俺と少しでも話してくれる気になってくれたようだ。俺としても謎のフードを被った彼女以外の、素の彼女と話がしたかったからな。今は徹夜明けで疲労困憊《ひろうこんぱい》だが、それでも寝る間を惜しんで彼女とお話がしたいのだ。

「確かに貴殿並みのテイマーなど、そうそう出会えるものではない。それに貴殿が急速に強くなった理由も、聞き忘れていたな」

「そうですね……実は――」

俺はここまでの経緯を話した。『2つ目の職業《セカンド・ジョブ》』が覚醒して、魔物を配合できるようになったこと。最強のシセルさんと仲間になってから、指数関数《しすうかんすう》的に強くなれたこと。そしてパーティから追放されたことで、さらなる高みに登れたことを。

自分の口で話して改めて自覚するが……俺はなかなか数奇な運命を辿っているな。職業がもうひとつ覚醒することや、世界最強の女性と仲間を組むこと、そしてパーティから追放されることなど、普通に考えてなかなかないことだろう。貴重で濃い、そして大変な人生を歩んでいるのだなと改めて自覚する。これほど大変な思いをしているのだから、そりゃあここまで強くなってあたりまえだよなと変な気分に陥る。

「そうか……貴殿も色々とあったのだな。それほど濃い経験を積んできたのだから、それほどの力を手に入れたのだろうな。うむ、納得できる」

「そういうルクミさんは、これまで何をしていたんですか？　まさか何もせずに、部屋に引き篭もっていたわけでもないでしょうし」

「あぁ……我は我で大変だったよ」

そう言って、ルクミさんはツラツラと言葉を発し出した。俺に負けず劣らず、濃くて大変な遍歴を。

「貴殿に勝利後、我はアルセーナル砂漠に向かったのだ。そこに眠る禁忌の魔物、バルザードを使役しようと考えてな」

「え……ば、バルザードですか!?　あ、あの……『不夜城一夜物語』の！？！？」

「あぁ、そのバルザードだ」

『不夜城一夜物語』とは、かつて栄華を極めたアルセーナル帝国が一夜にして滅びたという伝説のことだ。かつてアルセーナル帝国は緑豊かで文明も発達していた、世界最強最高の帝国だった。だがそんなアルセーナル帝国のもとに、１匹の厄災が舞い降りた。その厄災こそが、史上最強クラスの魔物である、バルザードだ。

バルザードの情報は文献でしか見たことがなく、その詳細は知らない。だが山よりも大きな体躯《たいく》に、トカゲを彷彿とさせる容姿をしていたと書物には記載されていた。容姿の記述はあっさりとしたものであったが、文献にはバルザードの恐ろしさが記載されていた。

曰く、口から放つ火炎は摂氏10万度を超える。曰く、歩くだけでマグニチュード10の大地震が発生する。曰く、全身から絶えず瘴気が漏れ出ており、ヤツの半径10キロメートルは死の大地と化す。曰く、曰く、曰く……と、数々の恐ろしいことが細かく記載されていた。そしてそんな恐ろしい怪物に、帝国の騎士団は無惨に敗北を喫してしまったこと。血気盛んな冒険者は、何の成果も挙げられずに全滅してしまったこと。そして……たった一夜にして帝国が滅んでしまったこと。文献の末尾には、「この怪物には決して近付いてはならない。ましてやケンカを売ることなど、言語道断《ごんごどうだん》である」と書かれていた。

テイマーであれば、いや……少し魔物に詳しい人であれば、バルザードの恐ろしさに関する記述を一度は目にしたことがあるだろう。そしてバルザードに挑もうなど、考えないであろう。なのに、彼女は勇敢にもバルザードに挑んだのだ。

「ど、どうでした……？　バルザードは……？」

「まぁ大体の性質は文献通りだったな。相違点としては、文献の情報よりも些か強力になっていたことくらいだな」

「……つまり、より強くなっていたと……？」

「火炎は摂氏10万度ではなく、100万度であったな。それに瘴気は10キロ範囲ではなく、100キロ範囲にまで広がっていた。他にも全長が山三峯ほどであったし、細かいところを上げればキリがないな」

「そんな怪物を相手に……こうして生きているってことは、勝ったんですね……？」

「あぁ、確かに強力な魔物ではあったが、我の敵ではなかったな。コークスクリューと卍《まんじ》固めですぐにノックアウトしたよ」

「……パワーファイターですね」

呆れるほど強い。かつての俺は、こんな規格外の女性と渡り合ったのか。正直……無謀すぎるな。かつての俺は彼女からすれば、ノミみたいな戦闘力しか有していなかっただろうに。

しかし……彼女に俺は勝ったのだから、今の俺でもバルザードを倒せるのだろうな。邪神をも倒したのだから、試していないだけで案外楽勝で勝てるかもしれない。

「他にも色々な魔物を討伐して回ったな。西の氷河に生息するマックス・スノー・グリズリーや天河の塔に封印されていたジャアクナルリュウ、あと邪神も何柱か処理したな」

「はは……トンデモないですね。その道中にアークデーモンを仲間にしたんですか？　確か前に戦ったときは、アークデーモンは使ってなかったですものね」

「あぁ、その通りだ。ヤツとの出会いはとある教会でな、そこで死闘を繰り広げて仲間にしたのだよ」

「アークデーモンと死闘ですか……規格外ですね」

「そういう貴殿だって、邪神の討伐を行ったのだから驚くことではないだろう。それも我の討伐した邪神とは違い、高位の邪神を討伐したのだから」

「まぁ……それは確かにそうですね」

「確かに我は様々な冒険をして、数々の経験を積んできた。修羅場も多く潜ってきたと自負している。だが……貴殿はそれを超えていた、我が敗北した理由はそれだけなのだろうな」

否定も肯定もしない。俺が修羅場を潜ってきたことは事実だが、だからといってルクミさんのソレを凌駕しただなんて思ってはいないからだ。そもそも修羅場や苦労を尺度で測ろうだなんて、愚か者がすることだ。そんなものはどうやっても、測定することなどできないのだから。俺もルクミさんも苦労を重ねてきた、ただそれだけで十分なのだから。

「アルガく～ん!!」

「アルガ様～!!」

と、そんな風にルクミさんと語らっていると、向こうからシセルさんとレイナがやってきた。おそらくだが俺の帰りが遅くて、心配でやってきたのだろうな。

「……彼女たちは？」

「俺の仲間です」

「……なるほど、つまりあの黒髪の女性がシセルなのだな。世界最強の生物と名高い、あの」

「えぇ、その通りです。……やっぱり戦いたいですか？」

「あぁ、その質問にはイエスとしか答えようがないな。だが……貴殿にも勝てない我が、シセル殿に勝てるハズもないだろうがな」

肯定も否定もしない。それは紛れもない、事実だろうから。

「お疲れ様～。スゴかったよ試合!!」

「そうですよ～!!　わたし、惚れ直しました!!」

「はは、そうか」

「それで……こっちの人は決勝戦の人？」

「えぇ、そうですよ」

「初めまして～。わたし、アルガ様の妻のレイナです～」

「おい、さらっとウソを吐くな」

「……賑やかだな。羨ましいよ」

そうルクミさんはニコッと微笑んだ。初めて見る純粋な彼女の笑顔は、どこまでも眩しいものだった。

「……そうか、こんな恵まれた仲間がいるから、貴殿はそこまで強くなれたのだな。そうか……少し羨ましいよ」

「……そうですね、俺も……自分で言うのもなんですが、恵まれていると思います。彼女たちがいなければ、俺はここまで強くなれなかったでしょう」

「……その大事な仲間、絶対に大切にした方がいいぞ」

「えぇ、もちろんです」

そう言うと、ルクミさんはスッと立ち上がった。尻の砂をパンパンと落として、軽く背筋を伸ばした。肩をパキパキと鳴らし、そして腰も鳴らした。

「さて、そろそろ我は行くとするよ。貴殿とも色々な話ができたし、有意義だった」

「……えぇ、またどこかで会いましょう」

「あぁ、今度こそ……我が勝利するけれどな」

「いいえ、今度も勝つのは俺です」

俺とルクミさんは笑い合いながら、拳をぶつける。そしてルクミさんは俺たちに手を振りながら、その場を去っていった。

「……行っちゃったね」

「えぇ、そうですね」

「アルガ様、嬉しそうですね」

「……あぁ、当然だろう？」

最初に嬉しかったこと、それはルクミさんに出会えたことだ。彼女には絶対に会えないと思っていたのに、決勝戦という最高の舞台で再び彼女に出会うことができた。こんなに嬉しいことは、そうそうないだろう。

それだけでも最高にハッピーだというのに、俺は彼女に勝利することができたのだ。かつての悲願を果たすことができたのだ。彼女に勝利するということは俺の人生における目的のひとつだったので、それを決勝戦という最高の舞台で叶えることができて最高にハッピーでラッキーだ。こんなに嬉しいことなど、俺の人生であまりないだろう。なんというか……最高の気分だ!!

これで俺は名実ともに、最強のテイマーになることができた。邪神を倒した時点でそう呼ばれることも何度かあったが、これで他称ではなく自称でそう名乗れる。自責の念に駆られることもなく、堂々とそう名乗ることができるようになった。こんなに嬉しいことなど、なかなか起こらないだろう。

「ふふ、これで最強のテイマーになったね。おめでとう、アルガくん」

「えぇ、ありがとうございます。最強って……清々しいですね」

「でも、その座は真の最強ではないよ」

「……えぇ、その通りですね」

俺は最強のテイマーになったが、世界最強の頂には届いていない。目の前の女性を倒さない限りは、真の最強を名乗ることはできないのだから。

「いつか……必ず、シセルさんを追い抜いて見せますよ」

「うん、楽しみだよ。気長に待っているね」

「……すぐに追いついて見せます。いえ……追い抜いて見せますよ」

いつの日か必ず、シセルさんを追い抜いて見せる。絶対に、必ず、絶対に。

「わたしも手伝いますね!!」

「あぁ、頼む。俺の最強への道のりを、応援してくれ」

「はい!!　妻として必死に応援します!!　エールしますよ!!」

「だから妻じゃないぞ」

そんな風に笑い合いながら、俺たちも帰還した。空は青く、透き通っていた。

第四章 × 最強VS最強

「ここなら問題はなさそうですね」

俺たちは街から数百キロほど離れた、無人島へとやってきていた。ここは名もなき無人島であり、魔物も多くない。また無人島によくある木々が生い茂っているということもなく、海岸から少し歩くと草原が広がっている。地平線まで1本の木も生えていないため、実際の広さよりもずっと広く感じる。

本日は役場でこの島の利用を申請したため、本日はこの島は貸切状態だ。まぁそんなことをせずとも、この島に上陸をしようだなんて考える人はほとんど存在しないだろうが。魔物が存在しないために冒険者は訪れず、広い土地を活用しようにも木々が生えていないために土壌は軟弱だ。地下に鉱物などが眠っているなんてこともないために、この島に訪れるのは年間で5人にも満たないらしい。

そんな何の面白味のない島にも、唯一価値を見出せる瞬間が存在する。それは、つまり——

「私とアルガくんが戦うには、ピッタリの場所だね」

本日、俺とシセルさんは戦う。先日の闘技大会でルクミさんに勝利後、俺は思ったのだ。今の俺だったら、シセルさんにだって勝てるかもしれないと。前回のように互いの力を測るモノではなく、どちらが強いかを本気で競えるのではないかと。

そして約1年の月日をかけて、俺は修業をしなおした。そして自分でも満足のいく出来になったたために、こうして決闘を申し込んだというわけだ。シセルさんは俺の言葉を快く承諾してくれて、こうして何もない無人島へとやってきたというわけだ。

「……」

あの頃よりも強くなった今、こうして相対してみると……改めて思うがシセルさんの異常な強さがヒシヒシと理解できてしまう。有する魔力はこの世界のどんな生命体よりも多く、その身体能力はこの世界のどんな生命体よりも強靭だ。この俺という、唯一の例外を除いて。

この1年で、俺は格段に強くなった。ルクミさんの元で一緒に修業をしたり、重力が100倍の惑星で筋トレを行ったり……とにかく様々な修練を積んできた。その結果、相変わらずステータスは閲覧できないが、1年前の頃よりも格段に強くなった。今ではルクミさんでさえも、ワンパンで倒せるくらいだ。アークデーモンなんて、一息で倒すことができるくらいには強くなった。

もちろん、シセルさんもただぼーっと1年を過ごしてきたわけではないだろう。だがそれでも、今回勝利するのはこの俺だ。天地がひっくり返っても、その結果は変わることなどありえない。

「アルガくん……強くなったね」

「えぇ、今ではシセルさんだって簡単に倒せますよ。ワンパンですよ、ワンパン」

「ふふ、おもしろいことを言うね。確かにアルガくんは強くなったけれども、それでも……私には敵わないよ」

シセルさんはそう言うと、魔力を爆発させた。ベキベキベキと地面には大きな地割れが生じて、ベリベリベリとシセルさんの周囲の地面は剥がれていく。ビキビキビキとシセルさんの周りの空間には亀裂が生じて、バチバチバチバチとシセルさんの周りに魔力のスパークが発生する。

かつてないほど濃厚で、かつてないほど重厚な魔力の波。少し前の俺だったら、この魔力の波に押し負けて……気を失っていたかもしれない。いや……死んでいた可能性だって、十二分に考えられるだろう。

だがしかし、今の俺は違う。凄まじい魔力の波動ではあるが、それでもなお膝を折ることもない。特に力を籠める必要もなく、耐えることができている。俺の魔力量もシセルさんと同等程度、いや……それ以上になった証拠と言えるだろう。俺が強くなった証明と、高らかに宣言できるだろう。

確信した。今の俺であれば、シセルさんに勝利することも不可能ではないだろう。勝率は……およそ50パーセントといったところだろうか。つまり油断さえしなければ、気を引き締めながら戦えば、十分に勝てるというわけだ。

「……ふふ、本当に強くなったんだね。昔だったら、今のでノックアウトできたんだけどね」

「俺だってただのうのうと日々を送っていたわけではないんですよ。厳しい修練を積んで、俺だって……強くなったんですよ。今ではもう、シセルさんにだって勝てるようになったんですよ」

「そっか……。それは楽しみだね。でも……私だって少しくらいは鍛えたんだよ？　私だってアルガくんと最初に戦ったあの時よりも、ずっと強くなったよ？」

「だからといって、勝つのは俺ですけれどね」

「ううん、私だよ。今度だって、これからだって、アルガくんは私には……まだまだ追いつけないよ」

「減らず口を。あの頃とは、違うところを見せてあげますよ」

「それは楽しみだね。じゃあ、始めようか!!」

「はい!!　今度こそ勝ってみせます!!」

ゴングもなく、俺たちの戦いは開始した。

◆

戦いが始まり、改めて理解した。シセルさんはやはり、スゴい人であると。トンデモなく強く、これまで最強に君臨してきた理由がよく理解できた。かつての俺であればただ「強い」という漠然とした感想しか抱けなかっただろうが、今の俺は……その凄まじい強さの詳細が理解できる。俺も強くなったことで、彼女がどれだけ強いかが詳細に理解できるようになったのだ。

一歩を踏み出すだけで地面が抉れ、空気が震える。二歩目を踏み出すだけで、空間に異常が起きる。三歩目を踏み出すだけで、星が揺れる。ただ歩くだけの動作で、彼女の周りが異常現象に苛まれるのだ。それもこれも彼女が強すぎるあまり、起きてしまう現象なのだ。かつての俺であれば、それに気付くことはできなかっただろうな。

「やぁ!!」

「えい!!」

シセルさんの拳と俺の拳がぶつかり合い、地面がさらに大きく抉れる。空間が揺れ動くことはもちろん、余波で海までもが大きく揺れる。津波が発生していることが見えたので、後ほど陸地は大惨事となるだろう。まぁ……別にそんなことはどうだって構わないのだが。

俺とシセルさんの拳の威力は、ほとんど互角だ。シセルさんは以前のように手加減している様子には見えず、むしろ本気で殴ってきたように窺える。もちろん俺も全力で殴ったが、それでどちらかが吹き飛ばされることもなかったので威力は互角だと推測できる。かつてだったら絶対にありえなかっただろうが、ぶつかり合ってもお互いにダメージは少ない。お互いに衝撃も互角なので、相殺しあって互いのダメージが減少しているのだ。

「スゴいね!! 拳が互角だよ!! それに私の動きについてこられるなんて、スゴいことだよ!!」

「鍛えましたから!!」

シセルさんの動きは凄まじく速い。

以前までは、シセルさんの動きなどまるで見えなかった。あまりにも速すぎるが故に、目が追いつかないのだ。だが、今は違う。レベルが上がったことで、シセルさんの動きがハッキリと見えるようになったのだ。むしろ……少し、遅く感じるほどに。

今となっては、彼女の動きが若干遅く感じてしまう。俺が強くなったからか、彼女の動きを完全に捉えることができる。さらに体の動きから、次の動作を読み解くことさえも可能になっている。これまでの俺だったら、絶対にこんなことはできなかっただろう。

一歩を踏み出すたびに異常現象が起きる彼女ではあるが、それは俺も同じだ。いや、俺の場合は彼女以上に被害が大きい。俺が一歩を踏み出すたびに、彼女以上に地面は抉れて空間は揺れるのだから。

そして若干ではあるが、彼女以上に速く動くことさえもできているのだから。

改めて確信する。俺はシセルさんと互角、いや……それ以上に戦えると。今の俺だったら、十分勝てると。


「こっちも……本気を出そうかな!!」

そう言って、シセルさんは自身の影から一振りの剣を取り出した。初めて見る剣だ。刀身は漆黒で、形状は東洋のカタナと呼ばれる剣にソックリ。その長さは60センチほどと、普通の長さだ。

なんとも……禍々しい剣だな。刀身から暗黒のオーラが漏れ出ており、周りの空気を侵食している。あのオーラに触れただけで致命傷になることが、本能的に理解できる。……なんともヤバくて、なんとも危険な剣だな。


「……シセルさん、その剣は?」

「私の新たな相棒、【暗黒丸】だよ!!」

「……ダッサい名前ですね」

「なッ!? 心外だなァ……」

「そんなダサい名前、今日日《きょうび》中等部の生徒くらいしか付けませんよ」

「むぅ……私を怒らせたね」

頬を膨らませるシセルさん。その姿自体は非常にかわいらしいのだが、しかし……その爆発させている魔力と手にした魔剣は全然かわいくない。むしろかわいらしい表情とのギャップで、悍ましささえ感じてしまう。いやぁ、怖すぎるな。

ただ……訂正するつもりはないが。シセルさんの壊滅的なネーミングセンスは今日に始まったことではないが、その魔剣に【暗黒丸】という名を与えるセンスは全く理解できない。いやいや【暗黒丸】って……センスが中等部すぎるだろう。シセルさん……残念美人だな。

「アルガくんは魔物たちは召喚しなくていいの？」

「えぇ、アイツらに頼るんじゃなくて……シセルさんは俺の手で、直々に倒したいんですよ。俺だけの実力で、倒してみせたいんですよ」

「そっか……ふふ、ナマイキだね」

シセルさんは言葉とは裏腹に、なんとも嬉しそうな表情をしている。その真意はイマイチ理解できないが、まぁ別に理解するつもりもない。今の発言は俺の本心だからな。

アイツらに頼ることで、シセルさんには案外楽に勝つことができるだろう。だがしかし……それではダメなのだ。シセルさんに勝つということは、俺ひとりの手で勝利を収めるということなのだ。仲間の手を借りて勝利することは、真の勝利とは言えないのだから。

「でも、そんなナマイキなこと……いつまで言っていられるかな？」

そう呟くと、シセルさんは魔剣を天高く掲げた。そして魔剣に禍々しいオーラがさらに宿っていき、暗黒の光を放つようになる。その魔力の密度はとても悍ましく、直視していると吐き気を催してくるほどだった。かんたんにこの星くらいだったら、滅ぼせそうなほど重厚で濃密な魔力だった。

「まさかとは思いますが、その剣を……振り下ろすのですか？」

「うん、そうだよ」

「……そんなことをすれば、この星が丸ごと宇宙の塵と化しますよ」

「確かにそうだね。だけど……アルガくんだったら、それでも受け止めてくれるでしょう？」

「……はぁ、そんな信頼は必要ないんですけれどね」

やれやれ、つまり相手が俺だからそんな超絶破壊攻撃を行おうとしているのか。相手が俺だから、普通に受け止めてくれると信じてくれているのか。信頼してくれることは嬉しいのだが、こんな形ではなくもっと別の形でしてほしかったな。

まぁ……確かに、俺だったらあの超絶破壊攻撃を受け止めることも可能だ。この星に一切の危害を加えることもなく、普通に受け止めることができる。シセルさんもそのことを重々理解しているから、あの攻撃を発動したのだろうな。相手が俺でなければ、きっと発動さえもしなかっただろうな。

「行くよ!!　アルガくん!!」

「えぇ、受けて立ちましょう」

そしてシセルさんは――

「《暗黒破壊超絶滅殺剣》!!」

なんともダサい攻撃を叫び、剣を振り下ろしてきた。

「はぁッ!!」

振り下ろされる剣を、俺は両手のひらで受け止める。そう、真剣白刃取りをした。

「お、おぉ!!　スゴいね!!　この剣を白刃取りするなんて、キミが初めてだよ!!」

「えぇ、俺以外には絶対にできないでしょうね」

そんな軽口を叩き、手のひらに力を加えて、剣を折った。バリンッという音と共に、紫色のガラスのような魔力が辺りに散らばる。

ふぅ……案外簡単に受け止めることができたな。白刃取りをしたときは少しだけ手が痺れたが、それ以外に目立った症状は特にない。ひとつの星を破壊できるほどの破壊力を持つ攻撃を受け止めて、あまりダメージがないなんて……俺も怪物に片足を突っ込んでいるんだな。

「ふふ、だけど……私の実力はまだまだだよ!! こんなもんじゃないよ!!」

シセルさんはそう叫ぶと、その場から消えた。いや、違う。超スピードで移動したのだ。かつての俺だったらマジで消えたように思っただろうが、強くなった今ではシセルさんが移動を行う前にシュババババババッッッと何回も地面を蹴った様子がハッキリと見えた。そしてシセルさんの進路も、ハッキリと捉えることができた。

シセルさんはニタッと笑いながら、俺の背後へと回り込んだのだ。俺が気付いていないと思って、俺の背後に回り込んだのだ。そしておそらくは、そのまま剣を振り下ろしてくるだろう。あるいは首筋に刀身を当てて、キザに勝利を演出してくるやもしれない。

「やぁ!!」

背後からシセルさんの声が聞こえた。それと同時に、殺気がヒシヒシと背中を突き刺す。かつての俺だったら何の対応もできなかっただろうが、今の俺は違う。

「遅いですよ」

「え!?」

「こっちです!!」

シセルさんの斬撃を躱《かわ》して、懐から取り出した短刀で攻撃する……がギリギリのところで躱された。

いや……シセルさんの頬が少し、腐っている。どうやら、掠《かす》ったようだ。

「ひどいことをするね。私だって、女なんだよ?」

「悪いですね。ですけれど、これは真剣勝負ですよ」

「そうだね、からかってゴメンね。それにしても……スゴいね」

「えぇ、俺も強くなりましたよね?」

「うん、正直……見くびっていたよ。だから……私も本気を出そうかな」

そう言って、シセルさんは駆けてきた。

先ほどとは、まるで比べ物にならない速度。

だが……それでもなお、俺の目はシセルさんの動きを捉える。

「遅いですよ!!」

「え――!?」

襲いかかってくるシセルさんの攻撃を躱して、腹部を切り裂く。今度は見事に命中だ。ジクジクとシセルさんの腹部が腐っていく。腹部から臓物が漏れ出すが、それさえも腐り落ちていく。なんともグロテスクで、一部の特殊な性癖の持ち主以外は目を背けたくなるような光景だ。

そんなグロテスクな光景とは裏腹に、俺の心は……昂《たかぶ》っていた。もちろんだが、彼女がグロテスクな見た目になったことで興奮しているというわけではない。単純に……俺の攻撃が通じたことが嬉しいのだ。これまでだったら手も足も出なかったシセルさんに対して、攻撃が通じたという事実がどこまでも嬉しいのだ。

「ぐッ……痛いな……」

「どうしますか、まだやりますか？」

「当然……でしょ。私だって……人類最強の誇りがあるんだよ……!!」

シセルさんは駆けてくる。

だが、遅い。痛みのせいもあってか、速度が落ちている。そんな彼女の攻撃を避けるのは、なんとも容易いことだ。そして避ける側に攻撃を仕掛けることは、もっと容易いことだ。

俺が攻撃を加えるごとに、シセルさんの肉体はジクジクと腐っていく。人形のように綺麗な白い肌は、灰色に変貌していく。それは一部の特殊性癖を除けば、おそらくほとんどの人が勿体ないと思うような光景だった。実際に俺も、攻撃をしながら罪悪感が若干ながら芽生えてくる。

だがしかし、それでも攻撃はやめない。これは真剣勝負なのだ。勿体ないと思ったり、グロテスクだと思ったりはするが……それでもなお、手は抜いたりしない。そんなことをすれば、逆にシセルさんを侮辱することになると理解しているから。

「ぐぅ……!!」

「……やァ!!」

「ぬぅ……!!」

「……だァ!!」

相変わらず、俺の攻撃を受け止めることに精一杯な様子のシセルさん。だがしかし、それでも……彼女は天才だと感じる。先ほどから確実に、俺の攻撃を避ける頻度が増えているのだ。さらに折れた魔剣で俺の攻撃を、防御する頻度が明らかに増しているのだ。

これこそがシセルさんが天才たる所以《ゆえん》だと、俺はそう思った。時間が経つにつれ、シセルさんは強くなっている。長期戦になれば、今の立場は逆転することだろう。勝利を収めるためには、短期決戦を仕掛けるしかないだろう。

だがしかし、今の状況では少々難しい。シセルさんから距離をとって魔法を発動しようとすれば、シセルさんはその隙を決して見逃したりはしないだろう。腐って多少は遅くなったが、その敏捷性はいまだに人類最高クラスだ。俺が距離をとって魔法を発動しようとしている間に、喉元を掻っ切るには十分すぎるスピードを持ち合わせている。ただそれでも……俺には遅く感じるのだが。

「やァッ!!」

迫ってくるシセルさんの腕を掴んで、そのまま背負い投げを行う。バシンッとシセルさんは地面に叩きつけられて、少しだけ吐血をした。こんなこともあろうかと、少しだけ格闘技を習っておいて良かったな。柔道という東洋の国の格闘技を習得しておいて、本当に良かったと思う。

「え、きゃッ!?」

地面にシセルさんを叩きつけた後、俺は短刀をシセルさんの喉元に突き刺そうとした。だが、さすがはシセルさんだ。体が腐敗して動きづらいだろうに、俺の短刀から逃れたのだから。体をクルッと回転させて、その場から逃げたのだから。

「……結構エゲツないことするね。あのまま食らっていたら、私……死んでいたよね？」

「シセルさんだったら、案外ケロッと生きていると思いました。殺す気で挑まないと、あなたには勝てないので」

そして再度、俺は仕掛けた。短刀を片手に、シセルさんを突く。突く。突く。だがしかし、全てが躱されてしまう。

「アルガくん、容赦ないね。でも……私は嬉しいよ」

「どうしてですか？」

「だって、私に匹敵する強者に育ってくれたんだから。私はね……ライバルを望んでいたんだ」

「えぇ、知っていますよ。これまで全力を出したことがないから、全力で戦える相手を探していたんですよね？」

「うん、その通りだ。それで……アルガくんがここまで強くなってくれて、私は本当に嬉しいんだよ。強くなってくれて、ありがとうね」

「いいえ、とんでもないですよ。でも……そんなことを言う余裕は、もうないんじゃないですか？もう限界のハズですよね？」

「……そうだね、その通りだ。でも……私ももうこんなんだから、そろそろ終わりにしたいな」

「えぇ、そうですね。俺もそろそろ終わらせたいと思っていたところです」

シセルさんはタフだ。このまま戦い続けたとすれば、かなり長い戦いになってしまうだろう。正直……長期戦はダルいので避けたい。トイレの問題とかもあるしな。

故に俺が望むことは、短期戦だ。そしてそれは、シセルさんも同じようだ。もちろん、彼女と俺とでは望む理由が違うだろうが。彼女は既にボロボロだから、これ以上余計な傷を負いたくないと考えているのだろうな。

「……せっかくだから、最後は全力で正面から打ち合わない？」

「つまり強力な魔力を打ち合って、決着をつけるという認識でいいですか？」

「うん、そうだよ。互いに全力全開の攻撃をして、それでこの戦いを終わらせようよ。それで最後に勝っていた方が、この戦いの勝者だよ」

そして息を合わせるかのように、俺とシセルさんは天に両手を掲げた。そして頭上に、魔力を練っていく。練られる魔力は球のようになっていき、そして爆発的な破壊力を増していく。俺の魔力球は赤色、シセルさんのは黒色だ。

魔力球は徐々にその体積を増していき、巨大化を続けていく。1メートル、10メートル、100メートル……やがて測定もできないほどに、魔力球は巨大になっていった。

「……こんな魔力の塊をぶつけ合ったら、この星はどうなっちゃうのかな？」

「普通にぶつけたら、当然のように宇宙の塵になるでしょうね。ですけれど、それは俺が望んでいません」

そして指を鳴らして、もうひとつの魔法を唱えた。この島が大きな結界に包まれる。これでどれだけ破壊力があったとしても、この島以外には一切の被害が出ることがなくなった。

「私たちが戦う場所だけを覆うように、結界を発動させたんだね……」

「はい、そういうことです」

「……悔しいな、そんな余裕があるなんて。私にはこの魔力球を作る以外の気力も魔力も、既になっていうのに」

「シセルさん、行きますよ」

「……うん、こっちこそ。余裕では負けているけれど、勝負には勝ってみせるよ!!」

「残念ですけれど、勝つのはこの俺ですよ!!」

そして俺たちは、互いに魔力球を放った。ゴゴゴゴゴゴゴッッッッッッと緩慢に動いていく魔力球。

やがてふたつの魔力球は激突し、凄まじい破壊力を生んだ。

ベキベキベキベキッと地面が割れる。ビキビキビキビキビキッと天が割れる。割れた地面からはマグマが噴き出し、割れた天からは雷鳴が吹き荒れる。この世のものとは思えない、まさしく地獄絵図が繰り広げられる。

ふたつの魔力球は互いに拮抗している。お互いに勝利を譲らないと、争っている。

「はァアアアアアアアアアアアア!!!!」

「やァアアアアアアアアアアアア!!!!」

被害はさらに増していく。結界が崩れそうになるも、それを補強する余裕は今の俺にはない。可能な限り、早めに決着をつけなければならない。そんなことを考えていると――

バキッ

突然の出来事だった。シセルさんの魔力球に、大きなヒビが入ったのだ。そのヒビは瞬く間に広がっていき、やがてシセルさんの魔力球は完全に砕け散った。

「あぁ……やっぱりか」

俺の魔力球がシセルさんを呑み込む最中、聞こえたのは諦観の言葉だった。爆発と爆風、そして砂塵が舞っておりシセルさんの姿は見えない。だが……俺は勝利を確信していた。

風魔法で爆発と砂塵を吹き飛ばして、シセルさんを確認する。そこには横たわり、笑っているシセルさんの姿があった。

「あはは……なるほど、これが……これがそうなんだね」

服はボロボロ、皮膚の腐敗もまだ進んでいる、誰がどう見ても悲惨な状態だというのに、シセルさんはまるで幼子のような純粋な笑みを浮かべていた。

「シセルさん」

俺はシセルさんに近づく。手にしていた短刀は懐にしまい、ゆっくりと近づく。そしてシセルさんの側に座り込んで、こう告げた。

「俺の勝ちです」

あくまでも淡々と、決して煽るような口調ではなく。喜びや嬉しさなどの感情は心の中にグッと抑え込んで、俺はそう告げた。俺の言葉が耳に届いたのか、シセルさんはニッコリと笑って。

「……うん、私の負けだね」

と、告げた。その真意はわからないが、何故だか……彼女は心底嬉しそうに見えた。

かくして、壮大な戦いはこうして幕を閉じた。俺がシセルさんに勝利するという、前代未聞な結果で。

◆

「スゴいね、アルガくんは。まさか私が……負ける日が来るなんて、思いもしなかったよ」

「あはは、恐縮です」

彼女は驚いているが、俺の方がずっと驚いている。なんたって世界最強である彼女に、俺は勝利したのだから。たった1年とちょっと前まで底辺テイマーだったこの俺が、まさかまさかの世界最強の存在に勝利を収めたのだから。それも……思ったよりも余裕を残して。

彼女以上に……いや、この知らせを知ったどんな人物よりも、きっと俺の驚きを超えることはできないだろう。この先もきっと、この勝利以上の驚愕《きょうがく》は味わえないだろう。

「私ね……これが最初の敗北なんだ。生まれたときから私は最強だったから、今日まで負けたことがなかったんだよ」

「えぇ、あなたの伝説は何度も何度も聞きましたよ。そんなあなたが敗北する日が来るなんて、勝利した俺が言うのもなんですが……俺自身も来るなんて思っていなかったですよ」

「これが敗北なんだね。こんなにも清々しくて、そして……こんなにも悔しいんだね、敗北って」

「えぇ、そういうものですよ。俺も何度も負けてきたから、気持ちはとてもよくわかります」

敗北の悔しさ、俺にはよくわかる。きっと、彼女以上に。

「でも……最強は虚しいよ？　他に目指すべきモノが、何もないんだもん」

「ありますよ」

「え？」

俺は天を指した。

気が付けば、辺りは暗くなっていた。

夜空には星々が、煌めいている。

「空の果て、宇宙には多くの邪悪な神々がいるんですよね？　そして……俺たちでも敵わない邪神が、数多くいるんですよね？」

「うん、まぁね」

「だったら、ソイツらを倒せるほどに強くなればいいんですよ」

「でも……邪神たちがこの星に飛来してくる保証なんて、どこにもないよ？」

「飛来してこない保証だって、どこにもないじゃないですか。それに俺が邪神だったら、こんなちっぽけな星に最強を名乗る生物がいたら腹が立ってやってきますけれどね」

「ふふ、それもそうだね」

まぁ最強の写真とやらがやってきたとしても、俺が返り討ちにしてやるが。今の俺だったら、どんな敵が相手でも必ず勝利を収めてやるさ。自信に満ち溢れているのだからな。

「アルガくん」

「どうしました？」

「……ありがとうね」

「え？」

「私に勝ってくれて。敗北を教えてくれて」

「……どういたしまして、と言えばいいですか？」

「でも……次は私が勝つからね」

「いいえ、残念ですがそれは叶いませんよ。今度も勝利を収めるのは、この俺です」

「ふふ、楽しみにしているよ」

シセルさんは笑う。

その笑顔はあまりにも、綺麗だった。

星々の光に匹敵するほどに。

第五章 × エピローグ

「アルガ様、アルガ様、アルガ様ぁ!!」

「なんだ、やかましいぞレイナ」

シセルさんに勝利してから暫く経ったある日、俺とレイナは買い物に来ていた。レイナの容姿は人間に酷似しているため、魔物だと糾弾されることはない。故に荷物を持たせる係として、非常に最適なのだ。

それはともかくとして、どうにもレイナの機嫌が良いな。いや、良すぎると言った方がいいだろうか。いつも俺の前では笑顔なのだが、今日は特にニコニコしている。ハッピースマイルだ。

「えへへ、デートですね」

「デート？　ただの買い物だぞ？」

「もう！　デートですよ!!　愛し合うふたりが一緒に、楽しく買い物を楽しんでいるんですから!!」

「いや……愛し合うふたりって……」

愛、愛かぁ……。確かにレイナの容姿は非常に美しく、それでいてかわいらしい。彼女が魔物でなければ、俺の使役する魔物でなければ、恋に落ちていた可能性だって普通にありえるだろう。

俺はレイナに対して、一切の恋慕の情は抱いていない。彼女に抱いている感情は……なんなんだろうな？　言語化が難しい。別に無関心というわけではないが、強いて形容するならば……友好だろうか？

「あ!! 見てくださいよアルガ様!! あそこにネギが売っていますよ!!」

「あ、あぁ、そうだな。ネギだな」

彼女への感情を考えていると、青果店を発見したらしいレイナが楽しそうに声を上げた。ネギでそんなに喜べるような人、俺は初めて見たぞ。ネギに対して特別な思い入れでもある……いや、ないな。彼女は別にネギが好きな種族ではない。ただの吸血鬼なのだから。

「あっちにはカモが泳いでいますし、そこにはアリが歩いていますよ!! あ、ワイバーンたちが飛んでいますよ!!」

「楽しそうだな」

「はい!! 好きな人と一緒にデートできるんですから、とても楽しいです!!」

「そういう……ものなのか？」

箸が転がるだけでおもしろいと思う年齢層は確かに存在するが、それと似たようなものなのだろうか。正直……イマイチピンとこないな。好きな人といるとなんでも楽しいというところまではまだ理解できるが、さすがにネギやカモなんかでニコニコはできないだろう、と思ってしまう。

だがレイナの表情が偽りであるようには到底思えないので、おそらくだが本当に楽しいのだろう。うーむ、俺も心の底から人を好きになれば、彼女の言っている言葉の意味がわかるようになれるのだろうか。ネギやカモなんかで喜べるようになるのだろうか。正直……どれだけ人のことを想っても、そんなふうになれる気は全くしないのだが。

「お嬢ちゃんたち!!　お似合いのアベックだね!!」

そんなことを考えながら歩いていると、ふいにパフェ屋の主人に話しかけられた。いやいや、アベックって……今日日《きょうび》聞かないぞ。死語中の死語だろ。

「はい!!　アベックです!!」

「いや、違うぞ」

「あはは!!　兄ちゃんはシャイだねぇ。恥ずかしがる必要はないさ!!」

「いや、本当に——」

「そんなことよりも、どうだい？　このいちごパフェはいかがだい？」

「食べます!!　いいですよね、アルガ様？」

「あぁ、そうだな。少しくらい構わないか」

「やった!!　大好きです!!」

「あはは!!　見せつけてくれるねぇ!!」

あははと乾いた笑いを返して、俺たちはパフェを購入した。いちごと生クリームがタップリと詰まった、非常に美味しそうなパフェだ。

「えへへ、いただきますね!!　……美味しいです!!」

「おうおう、そうだろうそうだろう。おっちゃんが気合と根性で作り上げた、傑作だからなぁ!!」

「最高です!!　ね、アルガ様!!」

「あぁ、美味いな。確かに」

生クリームの甘さといちごの少しの酸っぱさ、それらが絶妙にマッチしている。口内で幸せなハーモニーを作り出し、自然と笑顔になってしまう。レイナなんかは既に、ニコニコの笑顔だ。嬉しそうで何よりだ。

「アルガ様、ほっぺに付いていますよ」

そう言って、レイナは人差し指で俺の頬の生クリームを取ってくれた。その時だった。

——ドキッ

「……？」

何故だかわからないが、レイナに拭われたときに心臓が高鳴った。そして今でも、何故だか動悸が激しい。レベルがカンストして病や毒に完全耐性を持っているはずなのに、いったい何故なのだろうか。

「どうかしましたか、アルガ様？」

「あ、いや……なんでもない」

「？」

何故だかわからないが、レイナの顔を見るのが妙に恥ずかしい。顔が謎に熱くなり、汗が出てくる。全くもって、さっぱり意味がわからない。全てが不可解だ。

「あはは!!　やっぱりお似合いだね、ふたりとも!!　お似合いのアベックだよ!!」

「えへへ、そうですか？　嬉しいです!!」

「うんうん、お嬢ちゃん。あの兄ちゃんを振り向かせるのは難しいだろうが、おっちゃんは応援しているよ!!」

「はい!!　頑張ってゾッコンにしてみせますよ!!」

死語が飛び交う会話。というかおじさんはまだ理解できるが、レイナはいったいなんで……と思ったが彼女は吸血鬼だった。長い時を生きているのだから、そりゃあ死語を平気で話せるよな。そもそも死語であるということさえも、彼女は知らないかもしれないのだからな。

それにしても……このおじさんの反応から察するに、俺とレイナはマジでカップル……いや、アベックに見えるのか。本当はただの主従関係だというのに、変な話だな。

「お嬢ちゃん、頑張れよ!!」

「はい!!　頑張ります!!」

何をだ。そんなことを口にすることもなく、俺たちはパフェ屋の前から去った。

「えへへ、楽しいですね!!」

「そう……なのか？」

正直からかわれただけだろう、という気持ちがだいぶある。ただまぁ……レイナが嬉しいのだったら、別に構わないか。結婚はしないが。

◆

それから色々なことをした。ぬいぐるみ専門店に赴いたり、観劇館で恋愛劇を観たり。レイナが恋愛観劇好きであるということは事前に知っていたが、まさか劇場で号泣をするほどに好いているとは思いもしなかった。

そんなこんなで時間は過ぎて、あっという間に夕方の5時に。俺とレイナは近くの丘へとやってきた。

「今日は楽しかったですね、アルガ様!!」

「あぁ、だが……まさか2メートル超えのクマのぬいぐるみを買わされるなんて、思いもしなかったがな」

「えへへ、大事にします!!」

まぁ……これでレイナのモチベーションが上昇してくれるのであれば、安い買い物だ。金貨5枚というべらぼうに高い買い物だったが、レイナの機嫌を損なうよりはマシだと考えよう。いや……それでも痛い出費なことには変わりがないか。俺の所持金はあと……金貨12枚だ。

それにしても、そんな大きなぬいぐるみを所持して、レイナは何がしたいのだろうか。小さなぬいぐるみだったらベッドの脇などに置いて楽しむこともできるだろうが、2メートルもあるぬいぐるみは……正直大きすぎて邪魔ではないだろうか。まぁ抱きついたりしてストレスを解消する用途としては、優秀かもしれないが。

「……綺麗ですね、夕焼け」

「ん、あぁ。そうだな」

時刻は17時ということもあり、俺たちのいる丘からは綺麗な夕焼けが拝める。オレンジ色の光が地表を包み、実に美しく幻想的な光景が広がっている。この丘からは街全体が見渡せるため、夕陽に照らされた美しい街並みを拝むことができる。俺は芸術には疎いのだが、この街並み以上に美しいものなんてそうそうないということは本能的に理解できる。

叶うならば、この夕焼けをずっと見ていたい。という感情もあるが、この美しい景色はいずれ消える儚いものだからこそ美しいものなのだ。時間が経つにつれて見ることができなくなり、そして日を跨《また》いでまた、見ることができるようになる。1日のうちたった数時間しか見ることのできない、実に貴重で儚くて美しい景色。こんな景色を見ることができるなんて、俺はなんて幸せ者なのだろうか。

「今日はありがとうございます、アルガ様」

「ん、何がだ？」

「私と一緒に買い物をしてくださって。そして私のワガママを、いくつも聞いてくださって……本当に感謝しています」

「まぁ、当然のことだ。俺もお前にはいつも感謝しているからな」

「え、それって――」

「いつも俺の魔物として戦ってくれて、本当にありがとうな。いつも感謝しているぞ」

「むぅ……」

頬を膨らませて、不機嫌さを隠そうとしないレイナ。なんだ、その反応は、褒めているというのに。

「はぁ……そうですよね、最初からわかっていましたよ」

「ん、何がだ？」

「……なんでもありませんよ」

そう呟いて、レイナはそっぽを向いた。その顔は不機嫌丸出しであり、ムスッとしていた。

「何があったかわからないが、そんなに怒るなよ。こんな美しい景色を前にして、不機嫌になるだなんて勿体ないぞ」

「……ふふ、アルガ様にも景色を美しいと思えるような感性があったんですね。少しだけ驚きです」

「なんだ、煽っているのか？」

そんな軽口を叩くレイナの笑顔を見て、俺の心臓は――ドキッ。

「……？」

「どうしました？」

「あ、いや……なんでもない？」

「え、なんで疑問系なんですか？」

なんだ、今の胸の高鳴りは。動悸が激しいだなんて、自律神経失調症か？　いや、俺のレベルはカンストしているから、あらゆる病にならないハズなのだが……。だとしたら、いったいなんなのだ？

「大丈夫ですか？　体調が心配です!!」

「あ、いや……うん、大丈夫だ」

何故だかわからないが、レイナを見ていると胸がドキドキしてくる。何故だかわからないが、レイナを見ていると顔が赤くなってしまう。何故だかわからないが……夕陽に照らされたレイナのことをとても美しく思ってしまう。

確かにレイナは美形だ。この星の中でもトップクラスに美しく、そして可憐であることは間違いない。だがしかし……それでもここまで美しいと感じたことなんてこれまでになかった。夕陽に照らされている彼女のことを、世界で一番美しいと思うことなんてなかった。これは夕陽補正なのだろうか。

「アルガ様……本当に大丈夫ですか？　もう……帰りましょう？」

「い、いや!!　ま、待ってくれ!!」

自分でもビックリするほど、大きな声が出た。自分でも驚くほど、必死に彼女のことを止めた。

「え、どうしたんですか？」

「あ、いや……なんでもない。ただもう少し、ここにいたいんだ」

「……わかりました。じゃあ、あと10分だけですよ」

「……すまない」

10分ほど経過しただろうか。レイナとの会話は途切れ、俺たちは夕陽を眺めていた。この夕焼けは、いつまで見ることができるのだろう。今、こうして見られていることが奇跡のように感じる。

「綺麗ですね……」

「あぁ……そうだな」

「……」

「……」

ふたりの間に、沈黙が流れる。その静寂が、何故か心地よい。

「ねぇ、アルガ様」

「今日は楽しかったです。また……一緒に出かけてくれますか？」

「ん、なんだ？」

「……あぁ、もちろんだ」

俺がそう答えると、彼女は嬉しそうに微笑んでくれた。その笑みは夕陽に照らされて、さらに輝いていた。俺はこの夕陽に照らされる彼女の姿に見惚れてしまい、そして自分の気持ちを自覚してしまった。これまでも兆候こそあったが、今ようやく自分の気持ちに気づくことができた。

この夕焼けよりも美しい彼女を、この夕焼けと共に消えてしまうであろうこの時間を、大切にしたいと思った。そしてこの想いを、伝えたい。俺はそう思った。

「なぁ、レイナ……」

「はい、なんでしょう？」

「……好きだ」

「えっ!?」

突然の告白に、顔を真っ赤にするレイナ。まぁ当然の反応か。

「ど、どういう意味でしょう？」

「異性として、好きになってしまったようだ」

「……えっ」

「だから、俺はお前のことが――」

「ちょ、ちょっと待ってください!!」

俺の言葉を遮るようにして、大声で叫ぶレイナ。そして彼女は俺から距離を取り、こちらを睨むようにして見つめてきた。

「な、何を言っているんですか？　わ、私をからかうつもりですか？」

「いや、俺は本気でお前のことが好きになった」

「……」

「俺の彼女に、なってくれないか？」

俺の本気の眼差しを見て、冗談ではないということを察してくれたのだろうか。レイナは俺の瞳をじっと見据えて、涙を浮かべた。そして――

「……嬉しいです。私もあなたのことが大好きです」

涙を流しながら、満面の笑みで俺の愛を受け入れてくれた。そして彼女は俺に向かって走りだし、そのまま勢いよく抱きついてくる。俺はそんな彼女を受け止めることができず、そのまま押し倒されてしまった。

「うおっ……」

「アルガ様……これからもよろしくお願いしますね」

「……あぁ」

レイナが上に乗り、馬乗りのような体勢になっているのだが、そんなことは気にならなかった。今はただ、この幸せな時間を過ごしたかった。彼女とずっと、永遠にこのままでいたいと願った。

夕陽に照らされたふたりの影が重なる。その光景を見ている者は誰もいない。夕陽が沈むまで、その甘い時間は続いた。

◆◇◆◇◆◇◆

あれから2年が経過した。

シセルさんを超える力を得たものの、それを試す相手には未だに出会えていない。だが、この2年は様々なことがあった。新たに宇宙から飛来した邪神と戦ったり、封じられていた悪竜を討伐したり。

そして、何より——

「アルガ様、ご飯ができたよ！」

「あぁ、今行く」

レイナが俺を呼ぶ声が聞こえる。匂いから察するに、今日の晩飯はナポリタンだな。

「うわぁ!! レイナちゃんのご飯は、いつも最高だね!!」

「えへへ、ありがとうございます」

食卓に向かうと、シセルさんが席に着いていた。さらに言うと、既にパスタを啜っていた。……別に構わないのだが、せめて俺を待ってほしかった。

「あ、来てたんですね」

「うん‼　レイナちゃんのご飯が一番、世界で一番美味しいんだもん‼」

「えへへ、ありがとうございます‼」

確かに、それは事実だ。

レイナの飯はこの世で一番、美味しい。

「しっかし、いいよなぁ。アルガくんは」

「何がですか？」

「こんなに美味しいご飯を作ってくれる、レイナちゃんをお嫁にもらってさ。羨ましい限りだよ」

この2年での一番の変化、それは俺とレイナの結婚だろう。シセルさんを倒した後、俺はレイナに猛アピールされた。最初こそ断っていたが、アピールされていくうちに……俺も惹かれていったんだ。

そして半年前、レイナと結婚した。今では俺とレイナ、そしてララ・リリ・ルルと暮らしている。

いや、結構な頻度でシセルさんもやってくるか。

「えぇ、そうですね。俺は……幸せ者です」

「えへへ……‼　わたしもです‼」

「はぁ、いいな。ノロけちゃってさ」

あの日、追放されなければ、この幸せは得られなかっただろう。俺は今でも、カナトたちと共に、うだつの上がらない日々を送っていただろう。そういう意味では、カナトには感謝している。俺にこんな幸せを与えてくれて、ありがとう。

「そんな幸せを……守らないとな」

「？　どうかしましたか？」

「いや……なんでもないよ」

これから先、どんな脅威が待ち受けるかはわからない。宇宙より飛来する邪神は今のところ弱いが、いつ俺の想定を超えてきてもおかしくはないだろう。

俺は今よりも、ずっと強くならなければならない。この幸せを守るために、ずっとずっと強くなるのだ。俺には、いや。俺だからこそ、それができる。

「レイナ」

「はい」

「愛しているぞ」

「……わたしもです!!」

「いいなぁ……。私もそろそろ、結婚したいな」

「だったら、アルガ様と結婚すればいいんじゃないですか？」

「え!?」

「そうすれば、シセルさんも幸せになれますよ？」

「えっと、それは……えへへ」

「ま、まぁ……そ、それは……な？」

「？　いい案だと思ったんですけれどね」

俺たちの物語は、これからも続く。

ずっと、ずっと。

番外編 ✕ 最強のテイマーの苦悩

鬱蒼《うっそう》とした木々が生え盛る樹海の中、ひとりの女性が歩んでいた。黒いローブを纏い、足元の悪い道なき道を歩む少女。彼女の名はルクミ・ミルクティア、世界最強のテイマーである。

「……ここにいるハズなのだがな」

彼女は静かにそう呟いた。彼女はとある魔物を倒すべく、この樹海へと赴いたのである。

「さて、どうしたものか……」

彼女が考え事をしていると、目の前に巨大なネコが現れた。その体躯は3メートルを超えており、鋭い爪には血が付いている。そして何より特徴的なのはその牙であった。通常ではありえないほど発達したその牙は、まるでサーベルタイガーのように長く鋭い形状をしている。さらにその瞳は燃えているかのように真っ赤であり、爛々《らんらん》と輝いていた。そう、ルクミのことを獲物だと認識していたのである。

「あれは……ナイトキャット!?」

それは絶滅したとされる魔物だった。数多くの魔物と相対してきたルクミであっても、その魔物に出会ったのは初めてのことであった。図鑑でしか見たことのない魔物に相対したことで興奮しているルクミだが、そんなことなどお構いなしにナイトキャットは彼女に襲いかかった。ルクミはとっさの判断で横に跳び、それを躱す。しかし避けきれず、彼女の左腕からは鮮血が流れ出ていた。

「ほぉ、おもしろいな。この我に傷を付けるとは、あの魔物との戦いの前だが……これは期待が高まるな。だが……観察の時間を少しくらいくれてもいいだろう!!」

彼女は不敵な笑みを浮かべながらそう言った。そして指を鳴らして、クククッと声を殺して笑った。思った以上に強い魔物への喜び、そしていきなり襲いかかられたことへの少しの怒り。そんな感情が入り混じった、複雑な笑みだった。

「少しだけ遊んでやろう。ほら、猫よ。こっちに来い」

ナイトキャットはそれを聞くと怒り狂って彼女に飛びかかった。ルクミはそれをひらりと躱す。するとナイトキャットは、そのまま頭から木に衝突した。木はへし折れ、大きな音を立てて倒れた。ナイトキャットの頭部も皮膚が切れてしまったのか、少しだけ血が滲み出ていた。

「おいおい、貴様はバカなのか？　それともただ単に当たることが大好きな異常性癖猫なのか？」

ルクミは挑発するようにそう言う。その言葉を聞いたナイトキャットはさらに激怒したようで、雄叫びを上げながら彼女に向かって突進した。ルクミは軽く後ろに跳ぶと、そのままナイトキャットに向かって飛び蹴りを繰り出した。彼女の足は見事にナイトキャットの首を捉え、そのまま勢いよく吹き飛ばした。首から上がなくなったナイトキャットの体は地面に倒れ込み、ピクピクと痙攣していた。

「ふむ、こんなものか。まぁ悪くない相手だったぞ」

ルクミは満足げにそう言い残してその場を去った。彼女は世界最強のテイマー、ナイトキャットもSSS級の魔物であり相当強力なことは確かなのだが……さすがに相手が悪かったようだ。

その後も暫く歩いていると、突然地響きが起こった。地面が大きく揺れ、木々が激しく揺れ動く。そして何かが地面を踏みつけるような音が聞こえてきた。

「おぉ、ようやく発見だな」

そこに現れたのは大きなドラゴンだった。漆黒の鱗に覆われており、鋭い牙と爪を持っている。背中には翼があり、頭の上には立派な角がある。体長はおよそ20メートルほどだろうか。

「伝説の怪物、ジャバウォック。お目当ての相手にようやく出会えたな」

ジャバウォックはルクミを見るとすぐに襲いかかった。口から炎を吐き出す。ルクミはそれを軽々と避けると、すかさず右手を前に突き出した。

「ふんッッッ!!」

ルクミはブレスに対して、思い切り殴った。するとブレスは跡形もなく霧散してしまった。さらにルクミはジャバウォックの顔を掴むと、そのまま地面に叩きつけた。地面は大きく陥没し、衝撃波が発生する。その衝撃によって周囲の木々は薙《な》ぎ倒されていった。

ジャバウォックはなんとか起き上がると、今度は爪を振り下ろした。しかしルクミはそれを片手で受け止めると、そのまま握り潰してしまう。ジャバウォックの手から血が流れる。

「ふむ、もう終わりか？　ならば次はこちらの番だ」

ルクミはそう言うと拳を構えて走りだした。そしてジャバウォックを殴り飛ばす。あまりの威力にジャバウォックは吐血をして、木々を薙ぎ倒しながら50メートルほど吹き飛ばされてしまう。しかしそれでもなお立ち上がってくる。

「ほう、なかなかやるではないか。だがこれならどうだ！」

ルクミは再び駆けだすと、高く跳躍をした。そして空中で体を捻りながら回転を始めた。彼女の体は竜巻のようなものに包まれる。その回転するルクミを見て、ジャバウォックは怯えているようだった。そしてその恐怖に耐えかねて逃げだそうとする。しかし体が動かないことに気づく。ジャバウォックは過去数千年にわたってこの樹海を支配してきた絶対強者であるが、それでも彼女に対して恐怖を抱いてしまったのだ。それはジャバウォックの竜生史上、初めてのことであった。

「トドメだ!!　喰らえぇぇえッッ！！！」

ルクミが叫ぶと、彼女はそのまま落下していった。そして地面に着地をすると同時に凄まじい轟音と共に大地に亀裂が入った。そしてジャバウォックはその巨体を押しつぶされて絶命した。

「はぁ……最強クラスのドラゴンと聞いて挑んでみたが、所詮はこの程度の雑魚か。期待以下だな」

ルクミは世界最強である。故に退屈していた。ジャバウォックに挑んだのも、この退屈な人生を覆してくれるかもしれないと淡い期待を胸に抱いていたからである。しかし結果はこの通り、彼女は落胆している様子だった。自分を満たしてくれる存在はいったいどこにいるのか、どうすれば戦えるのか。そんなことを考えながら、彼女は重いため息をひとつ吐いた。

「かの世界最強と謳われているシセル殿に戦いを挑んでみたいが、いかんせん……彼女の所在がわからないものな。彼女に出会うために様々な街を訪れたが、一向に出会えないのだからな」

ルクミはそう呟くと、空を見上げた。そこには綺麗な青空が広がっていた。

「まぁ……いいか。いつかきっと、我を満たしてくれる強者に出会えるだろう。うむ、そう信じるしかないな」

再度ため息を吐いて、ルクミはその樹海を去った。

◆

灼熱の太陽が照らす砂漠の中、ひとりの女性が歩んでいた。黒いローブを纏い、足元の悪い道なき道を歩む少女。彼女の名はルクミ・ミルクティア、世界最強のテイマーである。

「……ここにいるハズなのだがな」

彼女は静かにそう呟いた。彼女はとある魔物を倒すべく、この砂漠へと赴いたのである。

しかし、その目的の魔物は一向に現れない。

「おかしい……確かにここら辺で目撃情報があったのだが」

彼女がそう思った矢先だった。砂煙を巻き上げながら何かが迫ってくる。それは大きな角を持ち、全身に岩のような鎧を纏った巨大な生物であった。

「ほう……ストーンゴーレムか。目当ての魔物とは違うが、それでも強力な魔物であることには違いない。少しだけ遊んでいくとするか」

ルクミはそう言うと拳を構えた。彼女は最強のテイマーであると同時に、最強のグラップラーなのである。

「来い！　私の全力を見せてやる！」

ルクミはそう叫ぶと同時に、迫り来るストーンゴーレムに向かって駆けだした。そして目にも留まらぬ速さで殴りかかる。ズゴォンッという凄まじい爆音が砂漠に響き渡り、その衝撃によって砂埃が激しく舞う。

「グゴゴゴゴゴゴゴゴゴゴゴゴゴゴゴゴ……」

「ふむ、なかなか手応えのある相手だ」

ルクミは冷静にそう言った。そんな彼女にストーンゴーレムは再び襲いかかる。だが、ルクミはそれを軽々と避けた。すると今度はルクミから仕掛けていく。素早い動きでストーンゴーレムの背後に回り込むと、その背中を思い切り殴った。ズガァンッ!! 再び激しい轟音と共に、ストーンゴーレムは大きく仰け反り怯んだ。そして次の瞬間、ルクミはストーンゴーレムの腕を掴むとその勢いのまま投げ飛ばした。ドオオオンッ!!! ストーンゴーレムはその巨体を地面に叩きつけられた。辺り一帯に大きな振動が起こり、大地が大きく揺れ動く。

「まだまだ行くぞ!!」

ルクミはそう叫ぶと、倒れたまま起き上がろうとしないストーンゴーレムの上に飛び乗ると、そのままストンプを始めた。ズドンッ! ズドンッ! という凄まじい地鳴りを起こしながら、何度も踏みつける。

「どうした? まさかもう終わりではあるまい?」

ルクミは不敵な笑みを浮かべながらそう問いかけた。その問いに応えるかのように、ストーンゴーレムはゆっくりと立ち上がる。

「いいぞ……それでこそ倒しがいがあるというものだ」

ルクミはそう言い放つと、両手を広げ構えをとった。そして大きく息を吸い込み精神統一をする。

それを見たストーンゴーレムも身を構えて戦闘態勢に入った。

「ハアアッ！！！」

ルクミは大きなかけ声と共に走りだすと、ストーンゴーレムの顔に飛び蹴りを食らわせた。バキィッ!!　ストーンゴーレムの大きな顔面にヒビが入る。

「グオオオッ！！！」

怒ったストーンゴーレムは雄叫びを上げながら反撃に出た。大きな腕を振り下ろし攻撃する。だがそれを素早く避けると、逆にその腕を掴み背負い投げた。ドーンッ!!　ストーンゴーレムの体が宙に浮かび上がる。すかさず追撃を加えようと接近するが、既に勝負は付いていた。ストーンゴーレムが砂に帰っていく。ルクミはそれを確認すると拳を掲げた。

「またつまらんものを殴ってしまった……」

ルクミはそう言ってため息を吐いたとき、地面が大きく揺れた。そして目の前から巨大な魔物が出現したのだ。

「ジュラァアアアアアアア!!」

「ほう……こいつが例の魔物か」

ルクミの前に現れたのは、全長１００メートルはあるであろう巨大なワームだった。砂漠の地中深くに生息すると言われる伝説の巨大生物である。名をデスワームという。

「なるほど、さっきのやつとは比べ物にならないほどの力を感じる。これはなかなか楽しめそうだな」

ルクミはニヤリと笑うと、拳を構えた。

「来い！　私の強さを見せてやろう！」

ルクミはそう叫ぶと同時に、迫り来るデスワームに向かって駆けだした。ルクミは襲いかかるデスワームの攻撃を避けながら、隙を見て攻撃を繰り出す。鋼のように硬いデスワームの甲皮だが、さすがにルクミの攻撃の前では紙同然だった。鋼のようなデスワームの甲皮が、まるでコンニャクを殴っているかのようにボコボコと凹んでいく。

「ふんっ！」

ルクミはそう言うと、強烈なアッパーカットを放った。デスワームの巨体が空中に浮き上がり、そのまま地面に落下していく。ズウウンッ!!　凄まじい衝撃が砂漠に走った。砂煙が巻き起こり視界が悪くなる。しかし、ルクミはお構いなしに突っ込んでいった。

「グオオ!!」

怒り狂ったデスワームがルクミに向かって突進してきた。それをひらりと躱すと、今度はルクミが背後に回り込んだ。

「グギャッ!?」

突然の出来事に動揺し慌てるデスワームだったが、すぐに振り返って態勢を立て直す。

「ほう、思ったより速いな」

ルクミは感心しながらそう呟くと、再び攻撃を仕掛けた。凄まじい速さでラッシュを浴びせていく。

ズドドドドッ！！！　その衝撃によって砂埃が激しく舞う。

「グギャアア!!」

堪らず悲鳴を上げるデスワーム。だがルクミの猛攻はまだ終わらない。

「ぬうんっ!!」

ルクミは気合の入った声と共に、渾身の一撃を繰り出した。その威力で、デスワームの巨体は吹き飛ばされていく。ズザザーッ!!　砂埃を巻き上げながら、勢いよく転げ回る。

「ふむ、この程度では倒せんか」

ルクミは冷静にそう言った。すると、ルクミの言葉に応えるようにデスワームが立ち上がってきた。

ルクミはそれに気づくと、不敵な笑みを浮かべる。

「どうした？　まだやる気なのか？」

ルクミが挑発するように問いかけると、デスワームは再び雄叫びを上げた。そしてルクミ目がけて走りだす。

「グアアッ!!」

「うおっ!?」

巨体からは想像できないような素早い動きで、ルクミに迫る。ルクミはとっさに身を屈めて回避した。だが、その先に待ち受けていたのは巨大な口であった。

「しま……ぐあっ!!」

デスワームはルクミを丸呑みにするべく、大きく口を開けた。そしてそのまま呑み込もうとする。

「舐める……な!!」

ルクミはそう叫ぶと、デスワームの上顎を両手で掴んだ。ギリギリと音を立てて押し返そうとする。

「ぐぅぅ!!」

ルクミの額には汗が滲んでいた。そして渾身の力を込めて、口から脱出することができた。

「グァアアアアア!!」

せっかくの獲物を逃したことで怒り狂ったデスワームは、口から酸性の液体を吐いてきた。その液体はルクミの体に命中するが、残念なことにルクミを溶かすことはできない。彼女の体は鋼よりも頑丈だからだ。

「どうした？　そんなものか？」

ルクミは余裕の表情を浮かべながら、デスワームを見つめている。

「グオオッ!!」

デスワームは今度は尻尾を振り回して攻撃してくる。ブォンッ!!　ルクミはそれを軽々と避けた。そして素早く懐に入り込むと、強烈なボディブローを炸裂させる。

「はァッ!!」

ズドンッ!!　鈍い音が響き渡る。

「グゲェッ!!」

腹に大きなダメージを受けて苦しそうな鳴き声を出すデスワーム。ルクミはさらに追い討ちをかける。

「まだまだ行くぞ!!」

ルクミはそう叫ぶと、デスワームの頭を掴み思い切り地面に叩きつけた。ゴオンッ!! 激しい振動が起こり砂煙が舞い上がる。さらに何度も踏みつけ、最後はデスワームの体を持ち上げると、ハンマー投げの要領でぶん投げた。

「ハァッ!!」

「グギャアッ!?」

ルクミの怪力で投げられたデスワームは、凄まじいスピードで飛んでいき地面に激突した。そして――

「これで終わりにしてやるぅ!!」

ルクミは天高く飛翔し、そしてデスワームの喉元に膝蹴りを叩き込んだ。直撃後、デスワームは爆散した。

「ふぅ……」

ルクミは一息つくと、空に向かって拳を掲げた。

「……もう終わりか」

あまりにも呆気なく終わった戦いに、ルクミはため息を吐いた。またしても圧勝してしまった、またしても苦戦できなかった。そんな思いが彼女の心を曇らせる。

「いったい……いつになったら、我は満足できるのだろうか。もしかして……一生満足することもできずに、人生を終わらせるのだろうか」

少しの不安が彼女に去来する。だがしかし、彼女は頬を叩いてネガティブな感情を払拭した。

「いいや、考えすぎてもダメだ。それにまだシセルがいる上、かつて大会で戦ったあの少年が強くなってくれるだろう。きっと我よりもずっと強くなってくれると……そう信じよう」

そしてルクミは、砂漠を去った。

《了》

あとがき

愛読者の皆さま、こんにちは！　この度、待望の第2巻を手に取っていただき、誠にありがとうございます。この素晴らしい日を記念して、皆さまにちょっとした舞台裏エピソードをお届けしたいと思います。

第2巻を執筆中、私はある日、友人の犬に会いに行くことになりました。その日はちょうどペットショップで素敵な犬用のおもちゃを見つけ、プレゼントにしようと購入しました。犬の名前はモコ、小さな可愛いシーズーでした。モコにおもちゃを渡すと、彼女は喜んで遊び始めました。

私はその瞬間、主人公のテイマーと彼が手に入れた万能職『配合術師』の力を活用して最強パーティを作る姿を思い浮かべました。犬と遊ぶ姿がインスピレーションを与え、新たなモンスターのアイデアが生まれました。ペットのような親しみやすいモンスターも、主人公のパーティに加わることで、さらに強力で魅力的な存在になることでしょう。1巻で記載したゲーム云々のエピソードと共に、友達のペットにも影響を受けたのです。

また、この第2巻では、登場人物たちが様々な困難に直面し、それを乗り越えて成長していく様子を描いています。実はこのプロットにも、私の体験が影響しています。先日、スーパーで買い物をしていた際、迷子になってしまいました。恥ずかしながら、大人になっても迷子になることがありますね。
そのとき、私は自分自身と向き合い、どうすれば出口に辿り着けるか考え抜くことで、無事に脱出できました。この経験から、登場人物たちも困難な状況に立ち向かい、彼らが成長する姿を描くことができました。

このような日常生活でのちょっとした出来事が、物語をより豊かにするエッセンスとなっています。2巻で本作品は完結となりますが、また違う形で読者の皆さまと出会える日を楽しみにしています。
それでは皆さま、ごきげんよう。

志鷹志紀

【最強の整備士】
役立たずと言われた
スキルメンテで俺は全てを、
「魔改造」する!
"Saikyo no seibishi" Yakutatazu to iwareta skill mente de ore wa subete wo, "Makaizou" suru!
～みんなの真の力を開放したら、
世界最強パーティになっていた～
2巻発売中!
手嶋ゆっきー
Illustration
ダイエクスト
スキルを超絶カスタマイズ!!
魔改造で最強無双!!
暴走剣士
ちびっこ竜人
撲殺聖女

Ryakudatsutsukai No Nariagari
略奪使いの
成り上がり
～追放された男は、最高の仲間と英雄を目指す～
煙雨
ill 桑島黎音
2巻発売中！
外れスキルで
英雄に成り上がる！
ついでにエルフのお姉さんとも仲良くします！
©enw

唯一無二の最強テイマー
～国の全てのギルドで門前払いされたから、
他国に行ってスローライフします～
原作：赤金武蔵　漫画：田村紘一
キャラクター原案：LLLthika
異世界還りのおっさんは
終末世界で無双する
原作：羽々音色　漫画：ダンタガワ
ジャガイモ農家の村娘、
剣神と謳われるまで。
原作：有郷　葉　漫画：たぢまよしかづ
キャラクター原案：黒兎ゆう

雷帝と呼ばれた
最強冒険者、
魔術学院に入学して
一切の遠慮なく無双する
原作：五月蒼　漫画：こばしがわ
キャラクター原案：マニャ子
どれだけ努力しても
万年レベル０の俺は
追放された
原作：蓮池タロウ　漫画：そらモチ
モブ高生の俺でも冒険者になれば
リア充になれますか？
原作：百均　漫画：さぎやまれん　キャラクター原案：hai
COMIC
NOVA
ノヴァ
https://www.123hon.com/nova/
話題の作品
続々連載開始!!

転生貴族の異世界冒険録
～カインのやりすぎギルド日記～
原作：夜州
漫画：香本セトラ
キャラクター原案：藻
レベル1の最強賢者
原作：木塚麻弥
漫画：かん奈
キャラクター原案：水季
我輩は猫魔導師である
原作：猫神信仰研究会
漫画：三國大和
キャラクター原案：ハム

捨てられ騎士の逆転記！
原作：和田 真尚
漫画：絢瀬あとり
キャラクター原案：オウカ
身体を奪われたわたしと、
魔導師のパパ
原作：池中織奈
漫画：みやのより
キャラクター原案：まろ
バートレット英雄譚
原作：上谷岩清
漫画：三國大和
キャラクター原案：桧野ひなこ
コミックポルカ
COMICPOLCA
話題のコミカライズ作品を続々掲載中！
毎週金曜更新
公式サイト
https://www.123hon.com/polca/
Twitter
https://twitter.com/comic_polca
コミックポルカ
検索

追放された不遇職『テイマー』ですが、2つ目の職業が万能職『配合術師』だったので俺だけの最強パーティを作ります 2

発 行
2024 年 2 月 15 日　初版発行

著 者
志鷹 志紀

発行人
山崎 篤

発行・発売
株式会社一二三書房
〒101-0003　東京都千代田区一ツ橋 2-4-3 光文恒産ビル
03-3265-1881

編集協力
株式会社パルプライド

印 刷
中央精版印刷株式会社

作品の感想、ファンレターをお待ちしております。

〒101-0003　東京都千代田区一ツ橋 2-4-3 光文恒産ビル
株式会社一二三書房
志鷹 志紀 先生／弥南せいら 先生

Printed in Japan, ISBN 978-4-8242-0091-4 C0093
※本書は小説投稿サイト「小説家になろう」（https://syosetu.com/）に
掲載された作品を加筆修正し書籍化したものです。